Le fils du prince Stefano

JENNIE LUCAS

Le fils du prince Stefano

Traduction française de
CHRISTINE MAZAUD

Azur

HARLEQUIN

Collection : Azur

Titre original :
THE HEIR THE PRINCE SECURES

HARPERCOLLINS FRANCE
83-85, boulevard Vincent-Auriol, 75646 PARIS CEDEX 13
Service Lectrices — Tél. : 01 45 82 47 47

www.harlequin.fr

ISBN 978-2-2804-1335-0 — ISSN 0993-4448

1.

Pour Tess Foster, rien n'était plus important que l'amour.

L'amour, le romantisme, les roses roses, les châteaux et les cœurs…

Adolescente esseulée, installée dans le grenier de sa tante et de son oncle, boulangers à Brooklyn, elle s'efforçait de garder pour elle ses rêves secrets. Dans un monde quelque peu débridé où les aventures d'une nuit étaient monnaie courante, elle se sentait ridicule — un peu honteuse même — d'être à son âge une vierge bourrée de principes démodés, attendant celui à qui elle appartiendrait pour la vie. Alors que les autres filles se racontaient leur première expérience sexuelle sur la banquette arrière d'une auto, Tess restait sagement dans sa soupente avec l'espoir que personne ne sache qu'elle passait ses samedis soir à lire des livres en rêvant au prince charmant.

Elle savait déjà que quand, enfin, elle se donnerait à un homme, elle l'aimerait vraiment. Le jour de son mariage, elle serait tout en blanc et perdrait son innocence pendant sa lune de miel. Elle ne voulait rien vivre d'autre qu'un conte de fées.

C'est alors, à vingt-quatre ans, qu'elle avait rencontré Stefano.

Ce soir-là, elle servait des cocktails dans une soirée glamour donnée par un magnat de la presse espagnole. Plateau d'argent dans les mains, elle distribuait des flûtes de champagne à des stars de cinéma et autres sommités tout en songeant à ses problèmes. Serait-elle en mesure de payer le deuxième semestre de son école de design ? Pourrait-elle…

Soudain, le regard sombre et brûlant d'un bel étranger lui avait transpercé le cœur, lui coupant le souffle.

Il n'en avait pas fallu plus pour la faire tomber raide dingue.

Parce que personne ne l'avait jamais regardée comme ça. À croire que, comme par magie, Tess, la jeune fille discrète comme une violette, était soudain devenue une bombe !

Quant à l'homme qui la regardait…

Ténébreux et terriblement séduisant, il était à tomber ! Drapé dans sa suffisance, il se tenait à l'écart, magnifique dans un smoking qui laissait deviner un corps divin. Alors qu'il s'approchait d'elle, d'une démarche souple, presque féline, l'intensité de ses yeux l'avait enflammée.

— *Buonasera*, avait-il susurré d'une voix suave.

Tess avait tourné le plateau d'argent si vite vers lui que les flûtes avaient failli se renverser.

— Un peu de champagne ? lui avait-elle proposé.

— Non merci.

Avec un sourire d'une folle sensualité, il avait montré le verre qu'il tenait à la main.

— Autre chose, alors ?

— Je veux connaître votre nom, avait-il répondu, la voix rauque.

Il avait une pointe d'accent.

Cela avait été le point de départ de la nuit la plus fabuleuse de la vie de Tess.

Quand elle avait terminé son service, il l'avait emmenée, dans sa voiture avec chauffeur, dans le restaurant le plus élégant de New York. Bougies et nappes blanches, argenterie et fleurs, musique, le décor était planté pour un dîner romantique. Ensuite, il avait suggéré qu'ils aillent danser. Quand elle lui avait dit qu'elle n'avait pas de robe appropriée, il s'était arrêté dans une boutique haute couture et lui avait offert un fourreau taillé dans une étoffe chatoyante qui mettait en valeur sa silhouette.

Elle avait protesté, tenté de refuser, mais pas longtemps. Comment résister quand on vous regarde avec ces yeux-là ?

Elle avait dansé pendant des heures, serrée dans ses bras, avant qu'il l'embrasse, la laissant pantelante, ivre de désir. Il l'avait alors invitée dans la suite qu'il occupait à l'hôtel Leighton. Le regard dans ses yeux sombres et fiévreux, elle n'avait su dire que : « Oui ».

Cette nuit-là, il lui avait pris sa virginité. Violemment. Mieux que cela : il l'avait éblouie, transportée, et son âme romantique avait découvert la merveille de l'amour physique.

Mais le lendemain matin, au réveil, dans le jour qui se levait, elle avait trouvé un lit froid et vide, et pris conscience qu'elle ignorait jusqu'à son nom.

Quelques semaines plus tard, elle avait découvert qu'elle était enceinte. Son oncle avait été furieux, sa tante horriblement déçue.

Durant ces quatorze derniers mois, malgré les sarcasmes de ses deux meilleures amies, Hallie Hatfield et Lola Price, elle s'était obstinée. *Stefano viendra nous chercher, mon bébé et moi*. Elle en était sûre.

Elle ne connaissait peut-être pas son nom, mais lui connaissait le sien et la retrouverait quand il voudrait.

Et s'il n'était pas encore venu, il y avait sûrement une bonne raison.

Peut-être était-il amnésique. Peut-être son avion s'était-il abîmé en mer ou écrasé sur une île déserte. Ce sont des choses qui arrivent, non ?

Tess imaginait tout ce qu'il était possible d'envisager sauf l'évidence. Résultat : ses amies la croyaient folle.

Mais elle, elle voulait croire qu'il reviendrait. Autrement, cela voudrait dire que ces rêves auxquels elle croyait ne se réaliseraient jamais. Qu'elle avait renoncé à son vœu de pureté pour rien. Évaporés, sa belle carrière, son beau mariage d'amour toujours… Tout ça pour une nuit torride qui la laissait enceinte, abandonnée et seule.

Si Stefano ne revenait pas, elle saurait que le monde était froid et impitoyable, et que les contes de fées que sa mère lui lisait quand elle était petite n'étaient que mensonges. Et puisqu'elle ne voulait pas vivre dans un monde comme celui-là, elle continuait d'y croire.

Mais soudain, ce soir, elle s'en sentait incapable.

Elle sortit du Campania Hotel avec la poussette de son bébé de cinq mois. Il était dix heures, il faisait chaud et humide pour un début septembre. La nuit commençait à tomber. Les gens sortaient des restaurants et des théâtres de Broadway, et leurs visages s'illuminaient quand ils passaient sous les spots qui éclairaient l'entrée de l'hôtel. Tess se sentait vide et triste. Elle venait de voir son amie Hallie chanter dans le luxueux hôtel de son mari. Après l'anniversaire de Hallie, Cristiano lui avait déclaré publiquement sa flamme. Elle était ravie pour Hallie. Vraiment. Son amie méritait d'être heureuse, surtout après les épreuves qu'elle avait traversées. En temps normal, Tess se serait dit que voir un couple aussi amoureux prouvait que cela pouvait aussi lui arriver.

Mais pas ce soir. Ce soir, rien ne la réjouissait.

Elle était debout depuis 4 heures du matin, avait travaillé à la boulangerie de son oncle tout en s'occupant de son bébé. Elle était en nage et épuisée. Des mèches de ses cheveux roux lui collaient dans le cou. Même sa jolie tenue cousue main, une chemise vintage sur une jupe crayon, était froissée. Elle regarda son bébé endormi, adorable avec ses joues rondes, ses petites jambes potelées et ses cheveux noirs qui lui rappelaient Stefano…

Pendant plus d'un an, elle avait ignoré les critiques de son oncle, les soupirs déçus de sa tante et les piques de ses amies. Elle s'était dit que Stefano reviendrait. Mais, après avoir vu Hallie et Cristiano tellement heureux ensemble, dans leur bulle, elle avait compris qu'elle se leurrait.

Passe à autre chose. Elle entendait encore son amie Lola le claironner : « Tu sais bien qu'il ne reviendra pas ! »

Tess s'arrêta. Des piétons la doublaient de chaque côté de la poussette. D'un revers de main, elle sécha ses joues. Elle avait prévu de prendre le métro à Brooklyn plutôt que de demander à Hallie de la ramener, de peur de craquer devant elle. Ses amies avaient tendance à se moquer de son optimisme béat. Elle ne voulait pas qu'elles sachent ce qu'elle ressentait vraiment.

Elle avait mal agi. Hallie était son amie, et elle était partie sans même lui dire au revoir.

Elle se força à plaquer un sourire sur son visage. Elle allait retourner sur ses pas et féliciter Hallie. Et si elle lui demandait pourquoi elle pleurait…

Elle se tournait pour rebrousser chemin quand elle entra en collision avec un mur. Enfin non, pas un mur. Un homme. Si musclé qu'en heurtant sa poitrine elle vit trente-six chandelles.

Étourdie, embarrassée aussi, elle hocha la tête.

— Je suis désolée, dit-elle. Excusez-moi. C'est ma faute. Je ne regardais pas devant moi.

C'est alors qu'elle le vit.

Le souffle coupé, le cœur battant, elle pencha la tête en arrière pour mieux le voir. Ce beau visage, ces pommettes saillantes, cette mâchoire carrée dont les lumières de l'hôtel tout proche accentuaient les arêtes, pas de doute possible, c'était lui !

Il écarquilla les yeux, ses iris déjà sombres virèrent au noir. Un noir brillant comme de l'obsidienne.

— Stefano ? murmura Tess, se retenant à la poignée de la poussette pour ne pas tomber. C'est… toi ?

Ces yeux noirs. Ce visage. Ces lèvres cruelles et sensuelles. Elle les connaissait par cœur. Elle connaissait tout de lui. Elle rêvait de lui, jour et nuit, depuis plus d'un an.

— Tess, murmura-t-il d'une voix étouffée qui semblait caresser l'unique syllabe de son nom.

Il était là. Bien réel. Elle ne rêvait pas.

— Tu es revenu pour moi, dit-elle très bas.

Une joie immense illumina son visage, à faire pâlir les lumières de Broadway et Times Square réunis.

— Tu es revenu !

Il la toisa, les dents serrées.

— Que veux-tu ?

Que voulait-elle ? Se jeter à son cou. Crier son bonheur au monde entier. Après une année difficile, où tout le monde s'était moqué d'elle, ce retour prouvait que les fins heureuses arrivaient quand on y croyait très fort et qu'on avait un cœur pur.

Elle avait donc raison !

Mais, comme elle avançait pour le prendre par le cou, il recula. Que se passait-il ?

Déconcertée, elle murmura :

— Si tu savais comme je suis contente de te voir. Tu viens d'arriver ?

— D'arriver ?

— À New York.

Comme il ne répondait pas, elle poursuivit en rougissant.

— Euh… Tu te rappelles… notre nuit ensemble. Tu m'as dit que tu devais aller en Europe, mais que tu reviendrais vite…

— Ah ! Oui…

Les phares des voitures qui passaient balayaient son visage par intermittence, creusant ses joues, rehaussant ses pommettes.

— Je suis venu souvent à New York, cet été. J'y suis actuellement pour la Fashion Week.

— Tu veux dire que… Tu étais là ?

À cette pensée, elle frissonna.

— Et tu n'as pas cherché à me voir ?

Stefano fronça les sourcils.

— J'ai été très bien avec toi, Tess. J'ai passé une nuit incroyable. Mais…

Il s'approcha et, la dominant de toute sa hauteur, lui donna le coup de grâce.

— Mais c'était juste une nuit.

Pour lui, cela n'avait été que ça ! Juste une partie de jambes en l'air ! L'affaire d'une nuit, aussi torride que vite oubliée. Quelle horreur…

Elle piqua un fard terrible. Dire qu'elle lui avait dit, dans le silence du petit matin, qu'elle était amoureuse de lui… Dans sa candeur, elle l'avait dit parce que c'était la vérité. Elle avait été emportée par un plaisir qu'elle ne soupçonnait même pas. En l'espace de quelques heures, il lui avait révélé la magie du plaisir sexuel. Jamais elle n'avait imaginé ça. Il lui avait aussi donné beaucoup de joie, d'émotion, de beauté, beaucoup plus que ce que les douze années précédentes lui avaient apporté.

Si ce n'était pas de l'amour, c'était quoi ?

À le voir maintenant, froid comme un glaçon, elle se dit qu'elle s'était complètement trompée et que s'il n'était plus là le lendemain matin de leur fameuse nuit, ce n'était pas par hasard.

— Votre Altesse ! appela une jeune femme qui l'avait rattrapé sur le trottoir.

De toute évidence, c'était un mannequin. Elle était très grande, très mince, très belle dans une robe blanche vaporeuse qui tranchait avec son bronzage. Elle tendait un carnet à Stefano.

— Vous avez oublié ceci.

— Merci, Kebe.

Elle ramena une mèche de ses cheveux en arrière.

— On se revoit à Paris, ajouta-t-il.

Et elle disparut avec une inimitable souplesse de chat.

— Qui était-ce ? demanda timidement Tess.

— Une amie, dit-il.

Il jeta un vague coup d'œil au bébé endormi dans la poussette.

— Bien, cela m'a fait plaisir de te revoir.

Le ton était courtois mais froid.

— Au revoir.

Sous le choc, Tess faillit s'écrouler. Heureusement qu'elle tenait la poussette…

Il l'avait mise au rancart depuis longtemps. Elle ne l'avait pas compris, c'était tout. Des larmes commencèrent à lui piquer les yeux. Dire qu'elle pensait à lui depuis tout ce temps, qu'elle rêvait de lui, le voyait comme un grand amoureux romantique, un héros impatient de la rejoindre. La vérité, c'est qu'il ne cherchait pas du tout à la revoir. Ses amis et sa famille avaient raison.

L'année passée, pour survivre avec son bébé, elle

avait été obligée d'arrêter ses études et de travailler à temps plein dans la boulangerie de son oncle. Pendant ce temps, Son Altesse parcourait le monde, il s'amusait. Apparemment, il vivait une aventure avec une jolie fille d'à peine dix-huit ans. À qui il venait de promettre de la revoir à Paris.

Abasourdie, elle le regarda, des larmes plein les yeux.

— Allez, ne fais pas semblant d'être effondrée, lui lança-t-il, cinglant. Dis-moi plutôt combien de temps il t'a fallu pour m'oublier. Quelques jours ?

— Comment peux-tu dire ça ?

Il la rattrapa et regarda le bébé dans la poussette.

— Elle est à toi, évidemment.

Oui et à toi aussi...

Les mots se bloquèrent dans sa gorge.

— Et son père ? demanda-t-il. Que dirait-il s'il apprenait que tu es là en train de me parler ?

— C'est à toi de me le dire.

— Comment veux-tu que je le sache ?

Il lui caressa la joue. Le temps d'une seconde, elle ferma les yeux.

— Reconnais que tu as tourné la page. Moi aussi. Nous avons passé un bon moment, cette nuit-là, mais c'est tout.

C'était la phrase de trop. La goutte d'eau...

— Notre nuit n'a rien signifié pour toi, gronda-t-elle entre colère et larmes. Eh bien, en ce qui me concerne, elle a changé ma vie.

— Désolé, dit-il froidement.

Elle reçut son excuse comme une gifle.

— Très bien, dit-elle. Dans ce cas, nous nous débrouillerons toutes seules.

Tremblante, elle se retourna et s'éloigna le plus vite qu'elle put de ce briseur de cœur, honteuse d'avoir été assez naïve pour croire que les contes de fées existaient. Quelle idiote elle faisait !

Le prince Stefano Zacco di Gioreale regarda Tess s'éloigner, choqué par ses propos et la violence de son émotion, troublé aussi par l'indéniable réaction de son corps en la revoyant.

Tess Foster était encore plus belle que dans son souvenir.

Il lui avait menti : il n'avait pas vite tourné la page.

En vérité, il avait passé l'année à s'interdire de penser à son joli minois en forme de cœur, à ses cheveux roux, à ses yeux vert émeraude, à ses lèvres si lisses et si gourmandes.

Il avait tenté d'oublier son corps magnifique et, surtout, d'effacer le souvenir de sa voix lui susurrant, au petit matin : « Je suis amoureuse de toi. »

L'année passée, il avait fait de son mieux pour oublier. Il croyait avoir réussi. En retournant à New York en juillet pour présider au lancement du *flagship*[1] de Mercurio, il n'avait pas choisi par hasard de descendre au Campania au lieu de retourner au Leighton où il avait ses habitudes. Les murs du Leighton avaient été les témoins de leurs folles étreintes.

Dès qu'il l'avait vue au cocktail de Rodrigo Cabrera, un plateau de flûtes de champagne dans les mains, il avait su qu'il la désirait. Il s'était senti attiré comme il ne l'avait jamais été. Ni avant ni depuis. Il s'était alors promis de la séduire et pas une seconde il n'avait pu imaginer qu'elle était vierge. Jusqu'à ce qu'il soit trop tard…

Il s'était senti coupable, ensuite. Ce n'était pas

1. Boutique qui sert de test avant l'ouverture d'autres points de vente (NdE).

sans raisons qu'il ne s'intéressait pas aux jeunes filles vierges. Elles tombaient amoureuses trop facilement et se voyaient aussitôt la bague au doigt, mariées, un statut qu'il n'envisageait pas pour lui.

Il les évitait à tout prix. Les vierges ne connaissaient pas les règles du jeu. Savaient-elles même que c'était un jeu ?

Ses pires craintes s'étaient réalisées quand, après les étreintes les plus insensées de sa vie, elle avait tout gâché en lui faisant cette déclaration d'amour complètement déplacée.

Alors, il était parti. Sans joie. Il aurait préféré la revoir pour revivre avec elle d'autres nuits aussi folles, mais elle ne lui avait pas laissé le choix. Si après douze heures avec lui elle s'imaginait déjà amoureuse, que se passerait-il quand il romprait ? Elle se jetterait du haut de l'Empire State Building ?

Il était donc parti. Pour son bien à elle, car il n'avait rien à offrir à une idéaliste aux yeux de biche et au cœur débordant d'amour. Mieux valait se désengager tout de suite, avant qu'il soit trop tard.

L'existence du bébé prouvait qu'il avait bien fait. Tess n'avait pas attendu longtemps pour se trouver un nouvel amant.

L'image d'un autre homme la prenant comme il l'avait fait, avec la même fougue, s'insinua dans son esprit. Oui il l'avait aimée, brutalement, sauvagement, avec un besoin désespéré de la posséder, d'être en elle, de s'y enfoncer, d'aller et de venir, d'y replonger avec chaque fois plus d'élan, plus de rage, plus de folie. Au moins, il s'était protégé. De toute évidence, l'autre n'avait pas été aussi prudent. L'inconnu l'avait mise enceinte d'un enfant aux yeux très noirs.

Il trouva étrange qu'elle ne porte pas d'alliance. Il aurait cru qu'une fille romantique comme elle ne se satisferait pas d'être heureuse en dehors des liens du mariage.

Stefano, prince et milliardaire, avait été élevé dans un château en Sicile. Il ne croyait pas aux contes de fées. Mais il ne pouvait détacher les yeux de la petite silhouette qui disparaissait dans l'obscurité, au bout de la rue. Les épaules tombantes, lasse et ses cheveux roux volant au vent, elle poussait devant elle la petite enfant endormie dans son landau.

Bêtement, Stefano regarda ses doigts. Bien qu'ils n'aient fait qu'effleurer sa joue, ils avaient rallumé des braises qui n'étaient pas éteintes. L'émotion et le désir qu'il réprimait depuis un an avaient resurgi d'un coup. Pourquoi ? Qu'avait-elle de plus pour qu'il soit ainsi attiré par elle ? Il avait toujours eu de belles femmes dans son lit. Pourquoi était-il obsédé par celle-ci ?

Il reprit sa marche vers l'hôtel, puis s'arrêta. Si elle était si heureuse dans sa nouvelle relation — elle avait même eu un enfant du nouvel homme de sa vie — pourquoi tant d'enthousiasme quand elle l'avait croisé ?

« Stefano ? C'est… toi ? » Elle l'avait regardé, les yeux pleins d'étoiles, comme si tous ses rêves se matérialisaient devant elle.

Pris d'une impulsion soudaine, il fit demi-tour pour la suivre. Il avait beau faire de grands pas, il mit du temps à la rattraper. Elle était déjà à Times Square.

— Attends, gronda-t-il en posant une main sur son épaule

Elle avait pleuré, et ses yeux verts brillaient comme des émeraudes dans son visage pâle. Elle releva le menton crânement.

— Attends quoi ? Toi ?

D'un revers de main, elle s'essuya les yeux.

— Que crois-tu que j'aie fait toute l'année ?

Sa voix était douce mais pleine de reproche. Malgré

lui, Stefano regarda ses lèvres, roses et gourmandes, puis promena son regard sur sa silhouette parfaite. Elle portait un chemisier à manches longues à motifs fleuris rentré dans une jupe crayon. Cet ensemble soulignait sa poitrine généreuse et ses hanches qu'un homme ne pouvait qu'avoir envie d'empoigner.

Ses cheveux roux, couleur de feu, étaient lâchés sur ses épaules. Elle était différente des autres femmes qu'il avait eues. Il la voulait. Encore plus qu'auparavant. Plus qu'il n'avait jamais désiré une femme.

Avec toutes les relations qu'il avait eues au fil des ans, ses maîtresses n'ignoraient pas que l'amour n'entrait pas dans l'équation.

Il ne fréquentait que des femmes belles et expérimentées qu'il appréciait au lit et aimait exhiber à son bras. En retour, elles profitaient de lui, de sa notoriété et du style de vie qu'il pouvait leur offrir.

Pour être honnête envers lui-même, il devait convenir que ce mode de fonctionnement commençait à lui peser. Il en arrivait même à se demander lequel, de lui ou d'elles, utilisait l'autre. Lassé, donc, de ces aventures qui ne menaient à rien — parce qu'il ne voulait pas qu'il en aille autrement —, il avait mis fin à ses amours d'un soir. Sa nuit avec Tess y avait été pour quelque chose. Depuis, aucune femme ne l'intéressait plus.

Pourquoi ne désirait-il qu'elle ? Était-ce simplement parce qu'elle incarnait le fruit défendu ? Ça ne lui ressemblait pas, et pourtant, à cet instant précis, il ne parvenait pas à détacher les yeux de ses hanches, de ses seins, de sa tenue aux couleurs trop vives qui laissait deviner ses rondeurs charmantes.

— Si tu me parlais un peu de ce bébé, lâcha-t-il.

— Que veux-tu savoir ?

— Son nom.

— Esme.

— Son nom de famille ?

— Foster, comme moi.

Elle remarqua qu'il se crispait.

— Et son père ?

Tess le fixa puis détourna le regard. Des touristes s'écartaient pour contourner la poussette. Ils riaient, bavardaient. Ils avaient l'air heureux.

Tess, butée, refusait de répondre et même de le regarder.

— Tess, s'il te plaît, demanda-t-il, avançant tout près d'elle.

Elle finit par tourner la tête. Ses yeux verts lançaient des éclairs dont il n'aurait su dire s'ils étaient de colère ou d'espoir.

— C'est toi, Stefano.

2.

Tess avait imaginé des centaines de fois l'instant où elle parlerait à Stefano de leur bébé.

Elle le voyait pleurant de joie et l'embrassant passionnément. Ensuite, une fois remis de ses émotions, il prenait Esme dans ses bras. Elle avait rêvé de le voir tomber à genoux implorant son pardon pour l'avoir laissée si longtemps sans nouvelles — ce qui n'était pas sa faute puisqu'il était coincé sur une île déserte. À la fin, il la suppliait d'accepter d'être sa femme.

Ce qu'elle n'avait jamais imaginé, c'était sa vraie réaction.

— Non !

Les yeux agrandis de stupeur, il recula sur le trottoir et regarda le bébé endormi.

— Ce n'est pas possible !

— C'est pourtant vrai, dit timidement Tess, bouleversée par cette dénégation.

— Comment peux-tu en être sûre ?

— Tu es le seul homme avec qui j'aie jamais couché, Stefano, répondit-elle essayant de lui cacher le mal qu'il lui faisait.

— Mais nous avons fait attention. Je me suis protégé.

Il semblait tellement effondré que, pour un peu, elle l'aurait consolé.

Cela aurait quand même été beaucoup lui demander alors que l'homme en qui elle avait mis toute sa confiance lui faisait faux bond. Qu'il les niait toutes les deux, elle et Esme.

— Moi aussi, ça m'a surprise, dit-elle du ton le plus neutre qu'elle put. Mais cela confirme ce que je sais : les préservatifs ne sont pas sûrs à 100%.

— Pourquoi ne m'as-tu rien dit ? demanda-t-il.

— Comment ? Je ne connaissais ni ton nom de famille, ni l'endroit où tu te trouvais. Toi, en revanche, tu savais où me trouver. Tu l'as fait ? Non. Parce que tu n'en avais aucune envie. J'ai attendu, plus d'un an, persuadée que tu reviendrais.

Elle ravala les larmes qui lui montaient aux yeux.

— Tout le monde se fichait de moi, avec mon bébé et mon amour pour toi… dont j'ignorais le nom !

En entendant Esme pleurer, Tess poussa un discret soupir de soulagement. Ils allaient en rester là, c'était aussi bien. Elle ramassa la girafe en peluche tombée sur le trottoir, l'épousseta et la lui rendit.

— Je m'appelle Zacco, dit-il brusquement. C'est mon nom de famille.

Elle leva les yeux vers lui.

— Zacco ? Comme la maison de couture ?

Même elle en avait entendu parler. Qui ne connaissait pas les robes Zacco, les sacs Zacco… La maison de couture, une légende dans le monde du luxe, était célèbre pour ses Z imprimés ou gravés sur tous ses articles.

— Oui, dit-il. C'est mon arrière-arrière-arrière-grand-père qui a fondé la société. Mon objectif, c'est de la racheter dès que je pourrai.

— Pourquoi ? Elle ne t'appartient plus ? Comment as-tu fait pour perdre tes droits sur une entreprise qui porte le nom de ta famille ?

Il serra les dents.

— Comment as-tu fait pour tomber enceinte ?

La réponse, froide et cinglante, la vexa. C'était une chose de la maltraiter, une autre de prendre leur bébé de haut. Ce mépris, elle ne l'accepterait jamais. À cinq mois, son enfant était ce qu'elle avait de plus précieux au monde. Esme était devenue sa seule raison de vivre.

— C'était un accident. Tu as une fille. Je crois qu'il n'y a rien à ajouter.

Au bord du vertige, Tess agrippa la poignée de la poussette et la serra très fort.

— Comment puis-je être sûr qu'elle est de moi ?

— Arrête de demander ça ! Je viens de te le dire !

— Ce sont des mots. Je veux des preuves.

Un couple âgé passa près d'eux, main dans la main. À voir la façon dont ils se souriaient, Tess sentit son cœur se serrer. C'était ce qu'elle voulait pour elle. Cette complicité tendre, cet attachement indissoluble. Un amour de toute une vie. Elle l'avait tellement désiré qu'elle avait cru l'avoir trouvé chez Stefano. Elle s'était trompée. Elle le regretterait toute sa vie.

— Oublie ça, lança-t-elle. Nous n'avons pas besoin de toi.

Stefano ravala sa superbe.

— Je suis désolé si je t'ai blessée…

— Pardon ?

Sa voix tremblait.

— Tu n'es pas désolé !

— Tu te trompes, dit-il sèchement. Je suis désolé d'avoir compris trop tard que tu n'avais jamais fait l'amour. Désolé que tu te sois crue amoureuse de moi alors que tu ne me connaissais même pas. Désolé que tu prétendes maintenant que ce bébé est de moi.

— Tu as raison, murmura-t-elle. Je ne te connais pas.

Comment avait-elle pu se tromper à ce point ? Encore maintenant, elle était près de fondre pour lui.

Il était l’homme dont elle rêvait. Grand, beau, puissant et élégant. Jusqu’à son parfum qui l’envoûtait.

Mais il n’était pas pour elle. Il ne lui restait que ses yeux pour pleurer ce qu’elle n’aurait jamais et qui n’avait jamais existé.

Tendant le bras, il la prit par l’épaule.

— Je ne t’avais rien promis.

Ce contact la fit frissonner, comme si une décharge électrique l’avait traversée.

— Je sais, dit-elle. Lâche-moi.

— Pardon ?

— Arrête.

Malgré elle, elle le fixa. Leurs regards se soudèrent. Elle sentit le désir l’envahir comme cette fameuse nuit, aussi fort, aussi irrésistible.

Quand il l’attira à lui et happa sa bouche, elle ne résista pas une seconde. Cela faisait plus d’un an qu’elle se languissait de lui, qu’elle rêvait de ce corps puissant contre le sien. Comme elle n’avait plus rien à perdre, elle s’abandonna sans retenue au plaisir, à son pouvoir, à sa force et savoura l’émerveillement d’être enveloppée dans ses bras.

Puis, reculant brusquement, elle le regarda, horrifiée par sa propre faiblesse. Ses lèvres la picotaient encore mais son cœur saignait déjà.

— Ne recommence pas ! gronda-t-elle.

— Tess…

— Laisse-moi tranquille.

Sa voix était mal assurée. Elle avait peur d’éclater en sanglots, et Esme, fatiguée, affamée, commençait à geindre. Alors, elle tourna la poussette et se dirigea d’un pas mal assuré vers le Campania dont elle apercevait les lumières au bout de la rue.

— Tess…

Il l'avait rattrapée et saisissait la poignée de la poussette.

— Arrête ! Ça suffit !

— S'il te plaît, murmura-t-elle, se sentant mal. Laisse-moi !

Le front plissé, il la regarda.

— Ça ne va pas ?

Prise de vertige, elle sentit qu'elle perdait pied. Stefano se précipita pour la retenir.

— Tess ?

Elle distingua de l'inquiétude sur son visage puis un voile tomba devant ses yeux, et tout devint noir.

Tess tanguait, blottie dans des bras.

Elle battit des paupières puis ouvrit les yeux. Surprise ! Stefano la serrait contre lui. Sa poitrine ferme, dure et rassurante. Ils étaient presque arrivés à l'hôtel.

— Esme ! s'écria-t-elle, s'agitant dans ses bras.

— Tout va bien. Elle est là, derrière nous.

Bizarrement, la voix de Stefano était douce. En jetant un coup d'œil par-dessus son épaule, elle vit le portier du Campania qui poussait le landau. Elle avait déjà croisé Dalton à l'occasion de visites à Hallie à l'hôtel.

— Tout va bien, mademoiselle Foster, ne vous inquiétez pas. Le bébé est là.

— Merci, Dalton. Quant à toi, Stefano, pose-moi par terre.

— Non.

Il continua de marcher.

— Je ne sais pas si tu t'en es rendu compte mais tu t'es évanouie.

— Je vais très bien maintenant, dit-elle essayant de se dégager. Pose-moi par terre.

En la serrant plus fort encore, il remarqua sa maigreur.

— Quand as-tu mangé pour la dernière fois ?

Elle fit semblant de chercher.

— Ce matin.

— Tu en es sûre ?

Elle hocha la tête.

— J'ai commencé à 4 heures. La boulangerie ouvre à 6, et mon oncle ne tolère pas qu'on grignote devant les clients. Pendant les pauses, je m'occupe d'Esme.

Elle détourna le regard.

— J'avais prévu d'avaler quelque chose ce soir, mais il a fallu que je nourrisse Esme. Alors, j'ai juste bu un verre de champagne. Elle fait ses dents, alors je n'ai pas beaucoup dormi.

Ils approchaient de l'hôtel. Elle était toujours dans ses bras.

— Je vais te monter dans ma chambre en attendant qu'un médecin vienne t'examiner, dit Stefano.

— Ce n'est pas nécessaire.

Elle ne voulait surtout pas se retrouver avec lui, seule et vulnérable. Elle savait trop bien de quoi il était capable.

— Si, je vais appeler un médecin. J'en profiterai pour lui demander un test de paternité.

Elle se raidit. Comment osait-il ? Sa parole ne lui suffisait pas ? C'était donc toute la confiance qu'il lui faisait…

La réception du Campania était immense et luxueuse. Plafond mouluré, lustres à pampilles de cristal, sol en marbre, murs à caissons, une décoration typique des années 1950. Des clients se pressaient autour du bar, d'autres se prélassaient dans des fauteuils profonds. D'autres encore, des femmes, plus belles les unes que les autres, suivaient des yeux, l'air de rien, les va-et-vient dans ce grand hall…

Toujours dans les bras de Stefano, Tess se sentait

déplacée. Suivis du portier avec la poussette, ils formaient un drôle d'équipage que même les clients de l'hôtel, généralement indifférents à ce qui se passait autour d'eux, ne quittaient pas des yeux.

— Bonsoir, Votre Altesse, dit un homme en passant.

— Votre Altesse, le salua une femme, visiblement étonnée.

Stefano répondit par un signe de tête et continua.

— Votre Altesse ? releva Tess. On te l'a déjà dit tout à l'heure mais j'ai cru que c'était pour rire.

— Techniquement, je suis prince, dit-il d'un ton sec. Mais comme l'Italie est une république, les titres aristocratiques ne sont plus qu'honorifiques. Mais mes ancêtres étaient les princes de Gioreale, un village de Sicile, autrefois important, qui n'est plus qu'un fantôme aujourd'hui. Comme moi.

Il esquissa un sourire qui ressemblait à une grimace.

— C'est ça. Je suis le prince des fantômes.

Elle le fixa. Son regard avait quelque chose de hanté. Était-ce du vide ? Du désespoir ? Ou une forme d'ironie ?

— Mademoiselle Foster, que se passe-t-il ? s'inquiéta le directeur de l'hôtel. Vous êtes blessée ?

— Elle s'est évanouie, monsieur, dit le portier qui les suivait. Le prince Stefano m'a alerté, et je me suis précipité pour aider.

— Je vois. Mademoiselle Foster, on ne vous emmène pas de force ?

Stefano rétorqua, en italien, deux petites phrases qui n'avaient pas l'air aimables.

— Mademoiselle Foster ? insista le directeur.

Tess sentit Stefano resserrer son étreinte. Elle avait encore les lèvres gonflées du baiser fougueux qu'il lui avait donné.

— Oui, oui, c'est vrai, j'ai eu un malaise dans la rue.

Stefano se tourna vers le directeur.

— Je l'emmène dans ma suite, monsieur Loggia. Faites monter le médecin. Et je veux le *room service*. Qu'est-ce qui te ferait plaisir, Tess ?

— Ça m'est égal.

— Je peux appeler Mme Moretti. Vous êtes sûre que vous ne voulez pas ? demanda le directeur, préoccupé.

Tess hésita. C'était l'occasion d'échapper à Stefano. D'un autre côté, il y avait Esme qui geignait parce qu'elle avait faim. Tess avait grandi sans père et savait ce que c'était. S'il y avait la moindre chance pour que Stefano fasse partie de leur vie, elle n'avait pas le droit de la laisser passer. Même si elle devait se soumettre au test de paternité.

— Tout va bien, monsieur Loggia, dit-elle.

Elle sentit Stefano desserrer son étreinte.

— Si vous en êtes sûre, conclut-il, visiblement dubitatif. Je vous envoie le *room service* et le médecin quand il sera libre.

— *Grazie*.

Sans un mot de plus, Stefano se dirigea vers l'ascenseur en s'assurant que le portier les suivait avec la poussette.

— M. Loggia ne te porte pas dans son cœur, on dirait, dit Tess.

— Non.

Cela ne semblait pas le perturber.

— Je suis pourtant leur plus gros client, mais c'est son patron qui me déteste.

— Cristiano ? Il te déteste ? Et pourquoi ?

— Tu connais Moretti ?

— Sa femme, Hallie, est une de mes meilleures amies.

Il haussa les épaules.

— L'année dernière, nous participions tous les deux

à une course automobile. On se battait pour gagner. Sa voiture m'a gêné, alors je l'ai dégagé.

— Tu l'as heurté volontairement ?

— Il ne m'a pas laissé le choix. Malgré tout, j'ai remporté la coupe. Alors, lui, furieux, a essayé de me frapper.

Tess ne voyait pas Cristiano perdre son sang-froid. Il avait l'air si gentil, ce soir en particulier, quand il avait déclaré son amour à Hallie.

— Il t'a frappé ? Je n'en reviens pas !

— J'ai dit qu'il avait essayé. Ses amis l'ont retenu. Je n'aurais pas riposté de toute façon. J'avais gagné, et cela me suffisait.

— Gagner n'est pas tout.

Il la regarda, incrédule.

— Bien sûr que si !

Les portes de l'ascenseur s'ouvrirent. Toujours flanqués du portier et de la poussette, ils entrèrent dans la cabine.

— Si tu le détestes tant, pourquoi descends-tu dans son hôtel ?

— Parce que ça m'amuse de les avoir à mon service, son directeur et lui !

— Ils pourraient cracher dans tes plats.

— Ils n'oseraient pas. N'est-ce pas, Dalton ?

— Certainement pas, répondit le portier. Vous laissez des pourboires si généreux !

Stefano regarda Tess.

— De plus, je connais Moretti, il est trop fier de son hôtel pour mal servir un client. Même moi. Il se venge en gonflant ma note ! Le malheureux !

Tess jeta un coup d'œil à Dalton, mal à l'aise d'entendre critiquer Cristiano devant un membre du personnel.

— Ça ne te gêne pas d'être en conflit avec quelqu'un ? On dirait même que tu aimes ça.

Stefano sourit d'un air suffisant.

— Un homme est jugé à la qualité de ses ennemis.

— Ma mère disait qu'on juge quelqu'un à la force de l'amour qu'il porte à sa famille et à ses amis.

— Voilà la phrase la plus mièvre que j'aie jamais entendue. Que faisait ta mère ?

— Comédienne.

Une ombre assombrit son regard comme chaque fois qu'elle pensait à sa mère. Une mère aimante qui n'avait aucun sens pratique. L'été, elle l'emmenait en tournée avec elle dans des petites villes de Nouvelle-Angleterre où elle se produisait avec un succès mitigé. Non, sa mère n'avait jamais percé, et cela l'avait rongée.

— Et ton père ?

— Ma mère m'a élevée seule.

Elle releva le menton.

— Tu peux me poser maintenant. Je tiens debout.

— Pas encore, dit-il. Pas avant qu'on soit dans ma suite.

Quand les portes de l'ascenseur s'ouvrirent, Tess regarda autour d'elle, les yeux écarquillés. La suite, somptueuse, occupait tout le dernier étage du Campania. De quelque côté qu'elle se tourne, de grandes baies vitrées offraient des vues imprenables sur tout Manhattan. Un piano à queue occupait un angle du salon.

— Tu as froid ? s'inquiéta-t-il en l'asseyant sur le canapé. Veux-tu une couverture ?

— Tu plaisantes ! Je ne suis pas malade.

Elle se levait quand, prise de vertige, elle retomba sur les coussins.

— Je veux mon bébé…

Stefano s'éloigna. Elle le vit saluer Dalton et lui glisser un pourboire, puis se pencher sur la poussette et prendre Esme. Le père et la fille se regardèrent. Ils avaient les mêmes yeux noirs. Esme cessa de pleurer et tendit les mains pour toucher le visage de Stefano, dont l'expression se fit soudain presque… tendre.

Deux heures plus tard, après avoir raccompagné le médecin à la porte, Stefano regarda Tess et le bébé. Ils s'étaient endormis sur le canapé blanc. À côté d'elle, il y avait un plateau vide, avec des miettes de sandwich. Elle avait tout avalé.

Lentement, il s'approcha. Tess dormait profondément. Il resta à la contempler en silence. Son visage était marqué par des cernes violets sous les yeux. Elle devait être exténuée, car elle s'était endormie quelques instants après le départ du médecin.

— Elle a besoin de repos, avait-il dit. Elle travaille trop. Il faudrait qu'elle s'économise un peu. Prenez soin d'elle.

Tess avait un pouvoir incroyable sur lui. Il sentait encore le goût de son baiser sur ses lèvres et son émotion quand il l'avait prise dans les bras. Il la voulait. Et elle était là. Dans sa suite.

Il regarda du côté de la chambre, au bout du couloir, mais refoula vite la pensée qui lui trottait dans la tête. Pour l'heure, seule une chose comptait, une chose qui n'avait rien à voir avec le sexe et tout avec l'honneur.

Son regard glissa vers le bébé blotti contre le sein de Tess. Esme s'était endormie dès qu'elle avait été changée et nourrie. Normal, il était minuit passé. Il ne savait pas grand-chose des enfants, sinon que lui, malgré une enfance désastreuse, avait toujours eu une nounou pour le coucher. En dépit de leur égoïsme phénoménal, ses parents s'étaient débrouillés pour lui assurer au moins cette présence.

Ce qui était bien plus que ce que lui-même avait fait, s'il s'avérait qu'Esme était sa fille. Si c'était le cas, il pourrait se reprocher d'avoir abandonné Tess, enceinte de lui, sans un sou ni moyen de le joindre. Circonstance atténuante, il n'était au courant de rien. Il n'avait jamais voulu lui faire de mal en faisant ce qu'il pensait le mieux pour elle : la quitter.

Stefano n'avait jamais compris ce qu'était exactement l'amour. Existait-il vraiment, était-ce lui qui souffrait d'un déficit de sensibilité ? En tout cas, il n'avait jamais rien éprouvé qui ressemble à ce qu'on racontait. Peut-être était-ce une illusion dont les autres se satisfaisaient.

Il n'avait jamais non plus connu de femmes comme Tess. Celles avec lesquelles il sortait étaient, en général, comme lui, égoïstes et impitoyables, uniquement préoccupées d'elles-mêmes et déterminées à gagner à tout prix.

Tess était-elle naïve au point de lui avoir donné son cœur et sa virginité avant d'élever son bébé, persuadée qu'il reviendrait ?

Il n'avait jamais connu de personne plus désintéressée. Jamais. Y compris — et surtout — ses propres parents. Son père, le prince Umberto, dépensait son argent avec des femmes qu'il jurait d'aimer, mais dont il se débarrassait après avoir profité de leurs charmes. Il n'avait pas seulement trompé sa femme, mais aussi ses maîtresses. Il avait ruiné l'entreprise familiale, la célèbre maison Zacco, par sa négligence, puis l'avait vendue, sans états d'âme, pendant son divorce.

Sa mère, quant à elle, était partie et s'était remariée cinq fois avec des hommes de plus en plus jeunes qui, tous, vivaient à ses crochets le temps du mariage et exigeaient une grosse pension quand elle les quittait. *Classique*, se dit-il.

Ses parents, trop égoïstes pour s'occuper personnellement de lui, avaient choisi de le laisser dans leur château en Sicile et de payer des domestiques pour l'élever. À douze ans, ils l'avaient envoyé en pension aux États-Unis où il restait, même en été. L'héritage de Zacco, la légendaire entreprise centenaire, avait été perdu à cause de l'égoïsme de ses parents. À la mort de son père, alors que Stefano terminait ses études universitaires, il avait hérité de trois fois rien : un château en ruine en Sicile, quelques biens immobiliers hypothéqués, et la sellerie-maroquinerie, quasiment en faillite, devenue Mercurio.

Dans la vie, c'était chacun pour soi. Stefano avait retenu la leçon. Il considérait la vie comme un jeu qu'il fallait gagner. Au cours des seize années passées, il avait, pied à pied, reconquis tout ce que ses parents avaient perdu. La holding Gioreale valait maintenant plusieurs milliards de dollars, avec des marques de luxe dans des domaines aussi variés que les voitures de sport ou le champagne en passant par la joaillerie. Pour l'heure, la maison de haute couture Mercurio était encore balbutiante.

Son lancement, l'année dernière, n'avait pas été un franc succès. L'affaire n'avait pas décollé. Enfin, pas comme il l'espérait. Aussi venait-il d'engager un nouveau styliste, Caspar von Schreck, aussi excentrique que branché. Sa première collection serait présentée à un parterre de happy few, le mois suivant, à la Fashion Week de Paris.

Et si tout se passait comme prévu, il ferait bientôt l'acquisition de ce à quoi il tenait le plus : la marque Zacco.

Il aurait donc dû être heureux ; or, ce n'était pas le cas.

À trente-huit ans, il ressentait une grande lassitude devant toute cette vanité. C'est la raison qui l'avait poussé à quitter la soirée plus tôt, allant même jusqu'à demander à son chauffeur de ramener Kebe Kedane, le mannequin, chez sa mère qui devait l'attendre avec une certaine inquiétude. Autrefois, tout ce qui touchait à la mode l'excitait avec son cortège de fêtes, de nuits dans des clubs, de jolies filles, d'excentricités. Et puis, dernièrement, tout ce qui l'avait comblé jusque-là l'avait laissé indifférent.

Tess, qui berçait son bébé, bâilla puis se frotta les yeux.

— Je crois que je me suis endormie, dit-elle.

— Tu es fatiguée. Il vaudrait mieux que tu restes ici ce soir.

— C'est vraiment gentil, mais…

— Tout ce que je veux, c'est que ce problème soit réglé avant mon départ pour la Fashion Week de Londres, demain.

— Tu fais toutes les Fashion Weeks ?

— Oui, New York, Londres, Milan, Paris. Je fais défiler des mannequins pour Mercurio.

— Ah ? Je croyais que c'était Zacco, ta marque.

Le visage de Stefano s'assombrit.

— Non. Mon père a vendu Zacco il y a vingt ans, mais j'ai bien l'intention de la racheter. Je vais à Londres, également, pour m'occuper de cette affaire.

— Quand reviens-tu ?

— Je ne sais pas.

Elle se leva en veillant à ne pas remuer son bébé endormi dans ses bras.

— Merci pour le dîner, mais Esme et moi devons vraiment rentrer.

Elle se dirigea vers l'entrée où la poussette l'attendait, mais il lui bloqua le passage.

— Non, tu ne pars pas, dit-il d'un ton sec qu'il regretta aussitôt.

Tess le foudroya du regard.

— S'il te plaît, rectifia-t-il, se radoucissant, je

te demande de rester. Le Dr Miller m'a promis les résultats du test de paternité pour demain matin, à la première heure.

— Pourquoi veux-tu que je reste ? Ce test ne fera que confirmer ce que je t'ai déjà dit : tu es le père d'Esme. Je n'ai aucune raison d'attendre toute la nuit ici.

— S'il te plaît. Reste… Jusqu'à ce qu'on sache avec certitude.

Elle releva le menton.

— Je dois me lever tôt demain matin.

— Encore ?

— Je travaille cinquante heures par semaine.

— Pourquoi ? Parce que ça paye bien ?

— Non, mais j'ai le gîte et le couvert.

— Pourquoi travailles-tu pour si peu ?

— Je ne suis pas assez qualifiée pour prétendre à d'autres emplois. Et je peux garder Esme avec moi.

— Tu aurais dû poursuivre tes cours de design.

— Sans doute, mais je ne sais pas avec quoi j'aurais payé mon école et une baby-sitter pour Esme.

Le front plissé, Stefano la dévisagea. Elle avait pris un job alimentaire, et refoulé ses rêves d'université, tout cela à cause de lui. Parce qu'il s'était arrangé pour qu'elle ne puisse jamais le retrouver.

— Si ce que tu dis est vrai et que cette enfant est de moi… Ça change tout. Tu le sais, évidemment.

Se mordant la lèvre, elle jeta un coup d'œil au bébé endormi dans ses bras.

— Ça change quoi ?

Posant doucement les mains sur ses épaules, il insista.

— S'il te plaît, Tess, reste. Tu es fatiguée, et Esme aussi. Tu prendras la chambre. Je dormirai sur le canapé.

Manifestement étonnée et inquiète, elle embrassa son bébé.

— D'accord, dit-elle sans cacher sa réticence.

Elle alla prendre le sac contenant les affaires de l'enfant.

— Où est la chambre ?

Stefano la précéda dans un couloir qui menait à la chambre. Un lit à baldaquin trônait au milieu de la pièce qui offrait une vue imprenable sur la ville illuminée.

— Tu trouveras tout ce dont tu as besoin, dit-il, montrant la salle de bains attenante. Veux-tu que je demande au concierge de te faire monter un pyjama ? Et un berceau pour le bébé ?

Visiblement fatiguée, elle hocha la tête.

— C'est inutile, merci.

Sans insister, il s'en alla et referma derrière lui. De retour dans le salon, il joua quelques notes au piano, et s'arrêta. Il se sentait à la fois las et agité. Un verre de scotch le remonterait.

Son verre à la main, Stefano se posta à la fenêtre. New York brillait de mille feux mais il ne se sentait pas au diapason.

Tess le préoccupait. Avec sa masse de cheveux flamboyants et ses grands yeux verts, elle l'obsédait, plutôt. Elle ne ressemblait à aucune des femmes qu'il avait connues. Elle était en même temps douce et drôle, et très sexy. Le matin où il s'était réveillé dans ses bras, il s'était vu avec elle dans son lit, tous les soirs Puis elle lui avait dit le plus innocemment du monde qu'elle était amoureuse de lui. Exactement ce qu'il ne voulait pas entendre. C'était comme si la terre s'était dérobée sous ses pieds…

Tournant les talons, il prit son ordinateur portable et s'assit sur le canapé pour travailler. Il lut ses mails d'un œil distrait, passa vaguement en revue les critiques des défilés concurrents et les commentaires sur l'événement Mercurio qui devait avoir lieu lors de la Fashion Week de Paris.

Alors que ces infos lui semblaient d'une importance capitale quelques heures plus tôt, toutes ces analyses, tous ces chiffres lui apparaissaient maintenant comme des symboles insignifiants.

Il crut soudain entendre fredonner. Tess chantait une berceuse au bébé. À *son* bébé.

Enfin, peut-être. Rien n'était moins sûr, car mis à part les yeux noirs de l'enfant, à cinq mois, il ne lui voyait guère de ressemblances avec lui. Si Esme Foster était son enfant, que ferait-il ?

Il allait demander à ses conseils d'imaginer un arrangement financier pour Tess et le bébé, sans les léser, et il s'envolerait pour Londres comme prévu, l'âme en paix.

Tess était manifestement une bonne mère. Il pouvait lui faire confiance pour s'occuper d'Esme. Sans problème d'argent, tout irait bien pour elles. Tess serait libre de faire ce qu'elle veut. Elles n'auraient pas besoin de lui…

Son téléphone qui sonnait tira Stefano d'un sommeil agité.

— Allô, bonjour.

— Docteur Miller à l'appareil. J'espère ne pas vous réveiller. Vous vouliez les résultats du test au plus tôt. Il n'y a pas de doute possible. Esme Foster est votre fille.

Stefano ferma les yeux. Au fond de lui, il le savait.

— Votre Altesse ? dit le médecin.

— Merci, dit Stefano. Faites-moi parvenir votre note d'honoraires.

Et il raccrocha.

Vacillant presque, il s'assit sur le canapé. L'aube grise se levait sur New York. Il bruinait comme souvent en septembre. Après avoir fait quelques moulinets avec les bras pour essayer de se détendre, il se lava et, sur la pointe des pieds, alla prendre des vêtements dans la chambre où dormaient Tess et l'enfant. Un tour dans la salle de bains, et il finit de se préparer. Il n'était pas nécessaire de changer quelque chose à sa vie, songea-t-il. Il allait charger ses conseils de régler son problème dès aujourd'hui et reprendre tranquillement le cours de sa vie, qui continuerait comme avant. Comme toujours.

Une vie de pouvoir et d'argent.

Dans laquelle il ne risquait rien.

Ne ressentait rien.

Stefano se pencha vers le miroir qui lui renvoya une image de lui froide et indifférente. C'était une posture qu'il avait apprise de son père, pour l'imiter, et qu'il avait peaufinée au fil des ans.

Une fois habillé, il alla dans la chambre et toucha doucement l'épaule de Tess qui se réveilla en sursaut.

— Qu'y a-t-il ?

— Le bébé. Il est de moi.

Elle lui sourit.

— Je le sais.

Elle attendit. Son regard, plein d'espoir, le gêna.

Qu'espérait-elle ? Qu'il s'installe avec elles ? Qu'il l'épouse ? L'aide à élever le bébé ? Leur donne son nom ?

C'était ridicule !

Il n'avait pas la moindre idée de ce qu'était un bon mari ou un bon père, mais il savait qu'il avait envie d'elle. Son corps la réclamait. Même dans ses vêtements froissés, fatiguée, mal coiffée, elle restait la femme la plus désirable de la terre.

Quelle merveille ce serait de se réveiller avec elle tous les matins ! De l'avoir auprès de lui toutes les nuits. De lui faire l'amour encore et encore…

Stefano rejeta cette pensée. Il n'avait qu'une chose à

faire, la libérer en lui versant beaucoup d'argent. Cela leur donnerait, à elle et à leur fille, la chance d'être chéries et aimées. Par quelqu'un d'autre.

Quant à lui, il allait se concentrer sur les négociations qu'il avait à mener. Tess avait raison, il ne pouvait accepter de n'avoir aucun droit sur une marque portant son nom.

Il devait penser à cela. Et rien qu'à cela.

— Viens, Tess, dit-il brusquement, je te ramène.

3.

Interdite, Tess jeta un coup d'œil à Stefano. Ils étaient à l'arrière de sa Rolls-Royce, leur fille assise entre eux dans un siège-auto. Le chauffeur avançait lentement dans le flot de voitures qui encombrait déjà les rues de Manhattan.

Elle avait pensé qu'une fois la preuve de sa paternité établie il l'aiderait d'une façon ou d'une autre. Au lieu de cela, il les ramenait à Brooklyn. Quelle désillusion !

— Tu es bien silencieuse, dit-il. On dirait que tu m'en veux.

— Pourquoi t'en voudrais-je ?

Stefano la fixait de son regard noir. Son visage était sévère.

— C'est mieux comme ça, non ?

— Mieux pour qui ?

— Pour toi.

Il regarda le bébé qui gazouillait toujours.

— Pour elle.

Tess se força à sourire.

— Tu as sans doute raison.

C'était probablement la dernière fois qu'elle le voyait. Stefano avait été très clair à ce sujet dès l'instant où il l'avait réveillée pour lui dire ce qu'elle savait déjà :

Esme était sa fille. Ce qu'elle ignorait jusque-là, et attendait avec anxiété, c'était sa réaction.

Elle la connaissait, maintenant, et la pilule était amère. Pendant plus d'un an, elle avait rêvé de Stefano revenant la chercher, la prenant dans ses bras, la suppliant d'être sa femme. Elle s'était juré qu'il serait le seul homme de sa vie, son unique amant, son amour pour toujours, et voici qu'il la condamnait à la solitude.

— Je ne veux que votre bien, reprit-il, l'air sincère.

— Tu pars pour Londres, maintenant ?

— Oui. Négocier pour Zacco.

— Bonne chance, alors.

— *Grazie*...

Ils traversèrent la partie la plus fréquentable de Brooklyn, puis la zone moins chic où se trouvait la boulangerie de son oncle. Au passage de la Rolls-Royce, les têtes se tournaient.

— Mon oncle va être furieux que j'aie découché.

— Peu importe. Tu ne vas pas t'éterniser. Prends tes affaires et celles du bébé, tu n'en as pas pour longtemps.

Elle le regarda d'un air interrogateur.

— Tu ne vas pas continuer à te détruire la santé en travaillant ici pour un salaire de misère.

Elle releva le menton crânement.

— Tout ira très bien pour nous.

— Je sais. J'ai déjà appelé mon avocat.

— Un avocat ? Pour quoi faire ?

— Maintenant que j'ai la preuve que je suis le père d'Esme, je ne peux me soustraire à mes responsabilités. Penses-tu vraiment que je vais vous laisser sans un sou ? Mon chauffeur reviendra vous chercher plus tard dans la matinée pour vous emmener chez mon avocat. Il veillera à alimenter ton compte bancaire de sorte que tu puisses t'acheter un appartement dans le quartier de ton choix. Mon chauffeur sera à ta disposition jour et nuit. Vous ne manquerez de rien, j'y veillerai personnellement.

Tess le regarda, bouche bée.

— Pardon ?

Stefano prit son air le plus détaché pour lui sourire.

— Tu sembles surprise. J'ai le devoir de subvenir à vos besoins. Tu n'auras plus à travailler, Tess. Ni à faire ce que tu ne veux pas faire.

— Je ne veux pas de ton argent, marmonna-t-elle comme la Rolls s'arrêtait devant la boulangerie.

— Ne sois pas ridicule. Tout est arrangé. Watson sera de retour dans deux heures, n'est-ce pas, Watson ?

— Peut-être trois, Votre Altesse. Cela dépendra du trafic.

Stefano se pencha pour prendre la main de Tess.

— Tu es libre, dit-il à voix basse. Le bébé et toi allez pouvoir profiter de la vie. Un jour, j'en suis sûr, tu trouveras un homme qui vous méritera toutes les deux.

— Je suppose que c'est un adieu, dit-elle. Bon débarras, en somme ?

— Pardon ?

— Un homme comme toi ne veut pas de famille. Surtout pas d'une famille comme celle-ci ! Au revoir, Stefano.

Évitant son regard, elle détacha Esme et la prit dans ses bras, avant de claquer la portière.

— N'oubliez pas la poussette, dit le chauffeur en la dépliant sur le trottoir. Je reviens tout à l'heure.

Tess releva la tête. Devant elle, l'enseigne de la boulangerie Foster Bros clignotait. Dans la vitrine, des gâteaux de mariage en plastique voisinaient avec des viennoiseries pas vraiment alléchantes.

Elle poussa la porte, et la tête de son oncle Ray surgit de derrière le comptoir.

— Où étais-tu ? Ta tante s'est fait un sang d'encre.

Tu sais le nombre de messages qu'elle a laissés sur ton mobile ? Elle allait appeler la police. L'hôpital. La morgue !

— Je suis désolée, oncle Ray. J'aurais dû appeler.

Il la fusilla du regard.

— Passer la nuit dehors ! Avec Esme, en plus ! Tu devrais avoir honte, Tess. Et comme tu n'étais pas là ce matin, on n'a pas de gâteaux. Les gens sont repartis quand ils ont vu qu'il n'y avait rien à vendre !

Les présentoirs étaient presque vides. Il manquait les scones au potiron et à l'érable, la spécialité de Tess, les petits pains aux noix de pécan, les gâteaux à la cerise. Il n'y avait que des muffins aux carottes et aux courgettes.

— Tu n'avais qu'à demander à Emily ou à Natalie. Ce sont d'incroyables boulangères et…

— Il fallait qu'elles dorment. Elles ont cours, aujourd'hui. Je ne peux pas gâcher leurs chances d'aller à l'université.

Ce n'est pas comme toi, semblait-il dire.

Tess rougit. Elle ne pouvait pas lui en vouloir. Cette boulangerie se transmettait de père en fils depuis des générations. Son oncle prenait cet héritage au sérieux.

Quand Tess avait perdu sa mère à l'âge de douze ans, sa tante et son oncle l'avaient recueillie. Tess s'interrogeait souvent sur l'apparence de son oncle. Il n'avait rien de l'image qu'elle s'était faite d'un boulanger, gros et jovial. Raymond Foster avait le physique ascétique d'un marathonien et les lèvres minces de l'homme amer, déçu par la vie.

— J'y vais, oncle Ray.

— Trop tard pour les gâteaux ! Fais des biscuits.

— D'accord.

Elle s'arrêta, hésita.

— Hier soir, si je ne suis pas rentrée c'est que… j'ai vu le père d'Esme.

— Vraiment ? Et où est-il ?

— Parti pour Londres.

— Bien sûr ! Écoute, Tess, il est temps de passer à autre chose, tu ne crois pas ?

Son oncle avait raison. Stefano ne voulait ni d'elle ni d'Esme. Il était d'accord pour la « dédommager », mais ses intentions s'arrêtaient là. Ce qu'elle désirait, elle, c'était un père pour sa fille. Une vraie maison. Un compagnon de confiance avec qui partager sa vie. Elle voulait qu'ils forment une famille.

La sonnette de la boulangerie la tira de sa rêverie. La porte s'ouvrit comme sous l'effet d'une bourrasque, et le vent s'engouffra dans la boutique. Des pas claquèrent sur le dallage. Sans même se retourner, Tess le reconnut. Elle vit son oncle sourire. Enfin, un client !

— Bonjour, monsieur. Que désirez-vous ? Il nous reste des muffins. Et un café, peut-être ?

— Rien, gronda Stefano derrière elle. Tess, regarde-moi.

Lentement, elle se retourna. Le beau prince sicilien était là et la dévisageait, fiévreux.

— Je croyais que tu partais pour Londres, dit-elle, d'une voix tremblante.

— Oui, mais j'ai oublié quelque chose.

— Quoi ?

— Toi.

— Moi ?

Son oncle les regardait sans comprendre. Il ne comprenait rien à la scène.

Il caressa sa joue, regarda le bébé dans la poussette.

— J'ai besoin de toi et d'Esme. Je vous veux avec moi.

— À Londres ?

Se penchant vers elle, il murmura :

— Partout.

Elle sentit son souffle tiède sur sa peau, et son cœur qui s'affolait. Elle avait rêvé d'entendre ces mots mais aujourd'hui ils lui faisaient peur. Elle avait trop souffert pour risquer une nouvelle déception, un nouveau chagrin. Et pourtant…

— Pourquoi devrais-je venir ? dit-elle sèchement.

Surpris, Stefano se redressa. Son oncle et la cliente qui venait d'entrer les observaient, interdits.

— J'ai de bonnes raisons.

— Si c'est pour que tu passes du temps avec Esme, je suis d'accord. Mais pour ce qui est d'abandonner ma famille, mes amis, ma maison pour venir faire la nounou en Angleterre…

— Qui te parle de nounou ?

Négligemment, il posa le pouce sur ses lèvres et les caressa.

— J'ai autre chose en tête.

— Je ne serai pas non plus ta maîtresse.

— Je n'ai pas dit ça non plus.

— Quoi, alors ?

Sa tante et ses cousines étaient descendues et, stupéfaites, entouraient son oncle.

— Tu ne veux pas de moi comme nounou, tu ne veux pas de moi comme maîtresse, que veux-tu alors ?

Sous les regards éberlués de la famille rassemblée derrière le comptoir sans gâteaux, il la prit dans ses bras.

— Tess. Regarde-moi…

Elle leva vers lui ses grands yeux verts.

— Je ne veux pas que tu sois ma maîtresse, Tess. Pas plus que la nounou de ma fille. Je veux que tu sois ma femme.

— Tu veux m'épouser ? balbutia-t-elle, sous le choc. Je ne te crois pas. Pas toi. Tu ne me seras jamais fidèle.

— Détrompe-toi, dit-il catégoriquement. J'ai vu les dégâts que causait l'adultère dans un couple, et je ne veux pas de ça pour moi.

— Dis oui ! s'exclama l'unique cliente, une dame âgée qui buvait un café au fond de la salle.

— Je…

Elle baissa les yeux.

— Je ne veux pas d'un mariage sans amour.

— Mais… Tu as dit un jour que tu m'aimais, lui fit-il remarquer.

— Oui mais, c'était avant de te connaître.

— Alors, apprends à me connaître. Je vous rendrai heureuses, toi et Esme. Vous serez toujours protégées. On fera le tour du monde en jet privé. Vous aurez des maisons à Paris, Rome et Saint-Barth. Et un château en Sicile, qui a besoin de travaux, je le reconnais…

Comme elle restait muette, il avança un nouvel argument.

— Tu as arrêté ton école de design, murmura-t-il en enroulant une mèche de ses cheveux autour de son doigt. En m'épousant, tu auras beaucoup plus d'influence dans le monde de la mode que n'importe quelle styliste lambda. Tu seras invitée à tous les grands événements. À tous les défilés…

— Tu crois ?

Indifférent au fait qu'ils se donnaient en spectacle, il la serra dans ses bras.

— Laisse-moi faire de toi une princesse. Laisse-moi te faire vivre un conte de fées…

À ces mots, il la sentit vibrer, mais elle continua de garder le silence.

Que pouvait-il lui offrir d'autre ?

Ce qui comptait le plus pour elle lui revint en mémoire.

— Permets-moi de donner un nom à notre fille,

dit-il d'une voix rauque. Permets-moi de lui offrir un foyer. Laisse-moi être son père, et ton époux.

Se mettant à genoux, il retira l'anneau d'or qu'il avait au petit doigt. Dans la boulangerie, tous retenaient leur souffle.

— Épouse-moi, Tess, dit-il, lui prenant la main. En attendant que je t'offre un diamant, accepte ceci. C'est une chevalière aux armes de ma famille. Je te la donne en gage de fidélité.

Il la regarda.

— Veux-tu être à moi, Tess ? Pour toujours ?

Prise entre le désir et la peur, elle sembla hésiter.

— Accepte ! l'encouragea une cousine.

— Oui ! cria l'autre.

— Dis oui, Tess, lui recommanda sa tante, tout émue.

Sous le regard de son oncle, Tess referma les doigts sur ceux de Stefano et murmura :

— Oui…

Aucune victoire n'avait autant comblé Stefano, pas même le premier million qu'il avait gagné, pas même le premier milliard. Remporter la main de Tess était son plus grand triomphe, le seul à avoir une réelle valeur.

Toujours à genoux, il baisa la main de Tess puis glissa à son doigt la chevalière aux armes de Zacco. Comme elle était trop grande, il la mit à son pouce.

— Tes doigts sont très fins, dit-il, admiratif.

Il se releva et alors qu'ils se tenaient enlacés tous les deux, la famille présente se précipita pour la féliciter.

— Je te conseille de bien t'occuper d'elle, bougonna l'oncle. Après l'enfer qu'elle a vécu cette année, à cause de toi.

— Quand vous mariez-vous ? demanda sa tante.

Il se tourna vers Tess.

— Demain ?

Elle secoua la tête.

— C'est d'accord, demain.

Radieux, il prit le visage de Tess dans ses mains et l'embrassa passionnément.

4.

— Tu es sûre de toi, Tess ?

Surprise, Tess leva les yeux. Tout en blanc dans sa robe de mariée, elle offrait son visage à l'esthéticienne qui mettait la touche finale à son maquillage.

— Bien sûr.

— Je ne t'ai pas entendue parler d'amour, insista Lola.

— Bien sûr que Tess l'aime ! protesta Hallie. Cela fait un an qu'elle nous parle de Stefano.

— C'est vrai. On croyait même que tu étais folle.

— Il t'a dit qu'il t'aimait ?

Silence.

— Alors ? Oui ou non ?

L'esthéticienne rangea ses affaires et prit congé. Par la porte entrouverte, Tess aperçut sa famille qui avait déjà pris place dans le salon du Campania. La cérémonie allait bientôt commencer.

— J'ai compris que nous ne nous connaissions pas très bien, dit enfin Tess. Mais nous avons un enfant, alors j'espère que l'amour viendra ensuite.

Hallie et Lola se regardèrent.

— Il ne t'a pas dit qu'il t'aimait ? s'étonna Hallie.

Se retournant sur sa chaise, Tess fixa ses amies.

— Combien de temps Cristiano a-t-il mis pour te dire qu'il t'aimait, Hallie ? Et toi, Lola, ton amoureux ?

— Ce n'est pas le sujet. Nous parlons de toi, Tess. Nous ne voulons pas que tu te trompes.

— C'est ce qui t'est arrivé, Lola ? Tu ne nous as jamais dit ce qui s'était passé avec le père de Jett…

— Il n'est pas question de moi, répéta Lola.

Tess et Hallie se regardèrent. Ce genre de remarque ne ressemblait pas à leur amie. Impatiente de nature, Lola agissait sans trop réfléchir. Aujourd'hui, elle avait l'air perturbée. Son nouveau-né l'avait peut-être tenue éveillée toute la nuit.

Tess non plus n'avait pas bien dormi. Stressée — c'était son dernier soir chez sa tante et son oncle —, elle avait fixé le plafond une bonne partie de la nuit. Elle n'aurait jamais imaginé que se marier lui ferait peur à ce point. Il est vrai que tout s'était précipité. Accepter de faire sa vie avec un homme qu'elle connaissait à peine et qui ne l'épousait que par obligation, c'était de la folie, non ?

Tess regarda les coupes de champagne disposées sur la table, à côté des bouquets de fleurs. La veille, en annonçant à Hallie et Lola le retour du père de son bébé, elle avait savouré sa joie. Préparer son mariage avec ses deux meilleures amies avait été une partie de plaisir. Elles avaient ri, bu des cocktails, plaisanté. Désormais, elle portait le diamant de Stefano…

— Il m'a juré fidélité, dit Tess. Tout ce qu'il veut, c'est me rendre heureuse. Il va m'emmener à Londres, Milan et Paris en voyage de noces…

— Assister aux Fashion Weeks ! Tu parles d'un voyage de noces ! ricana Lola. C'est un voyage d'affaires !

— J'ai suivi des cours de design, dit Tess sur la défensive. Ce milieu me plaît bien.

— Bien sûr. Il va t'exhiber comme un trophée, rien de plus.

— Ne l'écoute pas, dit Hallie en tapotant la main de Tess qui avait les larmes aux yeux.

— J'essaye de t'épargner du chagrin, dit Lola. Les milliardaires sont incapables d'aimer, crois-moi.

— Pardon ? s'insurgea Hallie.

— Sauf ton mari, mais c'est l'exception. À propos de Cristiano, il n'a pas fait de commentaires désobligeants à propos de ce mariage ? Il déteste Stefano Zacco.

Hallie haussa les épaules.

— Cristiano dit que si Tess a eu un enfant avec lui, c'est qu'il doit avoir certaines qualités. Il doit se rappeler que je n'ai pas toujours eu une très haute opinion de lui…

Lola prit son bouquet de demoiselle d'honneur.

— Je pense que c'est une erreur de quitter ta famille et tes amis pour te marier après une journée de fiançailles. Avec un type que tu ne connais pour ainsi dire pas.

Elle se força à sourire.

— Si tu es sûre que c'est le bon, alors je te souhaite tout le bonheur du monde. Mais je…

Sa voix se brisa, et elle quitta la pièce à la hâte.

— Elle s'inquiète pour toi, expliqua Hallie.

Tess se regarda dans le miroir. Stefano s'était arrangé pour que sa maison de couture travaille jour et nuit pour lui faire une robe de mariée somptueuse. Le voile était retenu par une tiare de diamants, dans la famille depuis des siècles.

Tout était sublime. Il ne manquait qu'une chose : un sourire sur son visage de future mariée.

— C'est ta vie, et celle d'Esme, dit tranquillement Hallie en tendant à Tess son bouquet. Fie-toi à ton cœur, et tout ira bien.

Tess repensa à la demande en mariage de Stefano. Dans la boulangerie, tout le monde était heureux pour elle. Elle-même s'était dit qu'elle avait une chance insensée. Alors, qu'est-ce qui n'allait pas ?

— Hallie, tu pourrais demander à Stefano de venir ? Ça ne sera pas long.

Une fois son amie sortie, Tess alla à la fenêtre et, les yeux fermés, laissa affluer les souvenirs du jour où sa mère s'était effondrée sur le vieux canapé, en larmes, incapable de reprendre son souffle.

— C'est fini, avait gémi Serena Foster. Il ne reviendra pas.

Du haut de ses huit ans, Tess avait paniqué en voyant sa mère, habituellement joyeuse, dans cet état désespéré.

— Pinkie t'aime, maman, avait dit Tess lui mettant sa licorne rose toute déchirée dans les bras. Et moi aussi.

Serena avait séché ses larmes et serré Tess dans ses bras.

— Je n'aurais pas dû l'aimer. C'est un…

Entendant un coup sur la porte, Tess rouvrit les yeux.

— Je ne devrais pas, dit la voix de l'autre côté. D'ordinaire, je me moque des traditions mais je sais que le marié n'est pas censé voir la mariée avant la cérémonie.

— Si, entre. J'ai besoin de toi, dit Tess.

Stefano passa la tête par la porte, puis s'approcha. Il était superbe dans son smoking. Quand il vit Tess dans sa robe de satin, il s'extasia.

— Tu es magnifique, dit-il la prenant dans ses bras. Je vais être fier de t'avoir pour épouse.

— Mais tu ne m'aimes pas…

Elle attendait qu'il l'embrasse, la rassure. Au lieu de cela, il se taisait. Quand elle leva finalement les yeux, Stefano lui jeta un regard froid.

— Tu veux annuler le mariage ? Pour déshonorer mon nom ? M'enlever mon enfant ?

Ce qu'elle voulait, c'était être rassurée.

— Ce que je veux, c'est parler…

— Si tu as un autre homme dans ta vie, dis-le. Maintenant, s'il s'agit d'une manœuvre pour renégocier le contrat de mariage que tu as signé hier…

— Non ! protesta-t-elle. J'ai peur, c'est tout.

— C'est trop tard. Les papiers sont signés. Nous allons donc nous marier. Tu porteras mon nom. Tu seras ma femme, et nous élèverons notre fille. Notre mariage aura lieu comme prévu.

Elle secoua la tête au risque de défaire son savant chignon et lança :

— Peut-être que non !

Il fit une moue de mépris et, sans ciller, caressa ses lèvres d'un geste possessif, glaçant.

— Dans ce cas, j'engagerai peut-être une armée d'avocats pour te détruire, toi et ta famille. Peut-être aussi que j'enlèverai notre fille et ferai en sorte que tu ne la revoies jamais.

Sur ces mots, il recula, un sourire diabolique aux lèvres, la laissant au bord de l'évanouissement.

— Êtes-vous prête, mademoiselle Foster ?

L'organisatrice du mariage attendait sur le seuil de la porte. Derrière elle, oncle Ray rayonnait.

— Oui. Elle est prête, répondit Stefano. N'est-ce pas, Tess ?

— Que faites-vous ici, Votre Altesse ? gronda l'organisatrice du mariage. Vous deviez attendre dans le grand salon !

Stefano se pencha, embrassa Tess à travers son voile de tulle et disparut.

Oncle Ray approcha à son tour, très ému, et prit le bras de Tess.

— Merci de me conduire à l'autel, oncle Ray.

Elle se sentait tétanisée, comme dans un cauchemar.

— Ma petite sœur serait fière de toi, dit son oncle.

— J'aurais tellement aimé que maman soit là !

Après le départ de son père, sa mère avait vécu des aventures, toutes éphémères.

Ils descendirent un large couloir qui menait au grand salon où l'attendaient les deux demoiselles d'honneur. Alors que Lola fuyait le regard de Tess, Hallie s'avança et lui demanda ce qui n'allait pas.

— Rien, répondit Tess en détournant les yeux.

La porte à double battant s'ouvrit en grand, et l'orchestre entonna la Marche nuptiale. Lola entra, suivie de Hallie.

— À nous, dit son oncle tout bas.

Agrippée à son bras, Tess avança.

Les invités se levèrent comme un seul homme. Tous dévisageaient l'étrange équipage, étonnés de voir le prince Zacco épouser une jeune femme d'origine aussi modeste. S'ils savaient !

Quand elle vit Stefano, impatient et fiévreux, sous une voûte de roses, elle se sentit défaillir…

Le salaud, songea-t-elle.

En rage, elle serra son bouquet très fort, mais continua d'avancer. Elle n'entendit même pas les paroles de l'officiant, ni ce qu'il lut ensuite. Sans doute les devoirs des mariés l'un envers l'autre. Elle ressassait ce que Stefano lui avait lancé un moment plus tôt et ne ressentait plus pour lui, à cet instant, que de la haine.

— Je vous déclare mari et femme. Vous pouvez embrasser la mariée…

Stefano souleva son long voile blanc et se pencha sur sa bouche, mais elle ne répondit pas à son baiser.

Hélas ! si sa tête disait non, son corps, lui, criait oui. Il le réclamait, même maintenant, après les menaces qu'il avait formulées. Oui, envers et contre tout, bien que déçue et frustrée, elle avait envie d'entendre battre son cœur contre le sien, de sentir la chaleur de son souffle dans son cou. Elle le voulait en elle, complètement, passionnément.

Quand il happa de nouveau ses lèvres, elle frissonna et, à sa grande honte, laissa échapper un gémissement de plaisir.

Un tonnerre d'applaudissements éclata. L'assistance, ravie, se leva.

— Quel baiser ! dit tout bas Stefano.

Tess le fusilla du regard et, plaquant sur son visage un sourire béat, se tourna vers la foule.

— C'est la dernière fois, grinça-t-elle entre ses dents.

L'orage approchait. Elle sentait les nuages s'accumuler au-dessus de leurs têtes. Son mari n'avait pas caché son intention d'être un *vrai* mari, avec tout ce que cela comportait. Mais il pouvait être sûr d'une chose : elle ne le laisserait pas la posséder.

Durant toute la réception, Tess se força à sourire, acceptant les félicitations des uns et des autres, répondant gentiment aux pointures de la mode que Stefano lui présentait. À la très chic Fenella Montfort, entre autres, actionnaire majoritaire de Zacco, à qui il glissa, avant d'aller saluer un autre groupe :

— Nous en parlerons longuement à Londres, n'est-ce pas, Fenella ?

Tiraillée entre désir et fureur, Tess tentait d'imaginer un moyen de casser cette union stupide. Peut-être pourrait-elle demander à Hallie et Cristiano de l'aider à demander le divorce.

Mais même si Cristiano Moretti lui prêtait ses avocats

les plus coriaces, elle savait que le divorce serait une guerre sanglante et sans fin, dont Esme serait l'otage.

À contrecœur, elle lança son bouquet de mariée que Lola attrapa sans le vouloir et jeta aussitôt par terre, avant de quitter la soirée comme une fusée. Tess la vit prendre la poussette de son bébé et se sauver. En d'autres temps, Tess se serait inquiétée pour son amie, mais pas aujourd'hui. Aujourd'hui, rien ne pouvait l'atteindre, empêtrée qu'elle était dans sa rage et la peur.

Souriante, Hallie lança :

— Aux mariés d'ouvrir le bal !

Le moment qu'elle redoutait tant était venu, et elle allait devoir danser avec son époux.

Regardant Stefano dans les yeux, Tess prit la main qu'il lui tendait.

— Et maintenant, annonça Hallie au micro, pour leur première danse, voici le prince et la princesse de Gioreale !

Dans un tourbillon de satin blanc, Stefano enleva Tess et la fit virevolter sur la piste. Enthousiastes, les invités applaudirent, et plus ils applaudissaient, plus Tess avait le cœur gros.

Tout cela n'était que mascarade. En dépit des apparences, le beau prince en smoking et la mariée en satin blanc ne s'aimaient pas.

Serrée contre Stefano, elle murmura :

— Je te déteste. Tu le sais ?

— Tu ne me détestes pas. Tu es en colère. C'est tout.

— Tu m'as forcée à t'épouser.

— Je ne t'ai pas forcée. Je t'ai donné le choix.

— Quel choix ?

— Je savais que tu prendrais la bonne décision.

Si elle s'était écoutée, elle lui aurait transpercé le pied d'un coup de talon aiguille.

— Tu es un monstre, dit-elle en souriant pour la galerie.

Il l'attira violemment contre lui.

— Tu seras heureuse avec moi. Dès ce soir…

Au lieu de la repousser, cette perspective l'excita. Mais comment son corps pouvait-il le désirer alors qu'elle n'éprouvait plus que mépris pour lui ?

— J'ai l'intention de te satisfaire pleinement

— Tu rêves !

— Mes rêves se réalisent toujours, Tess. Quand je veux quelque chose, je l'obtiens quel qu'en soit le prix. Et ce que je veux, c'est toi.

Il baissa la tête. Tess retint son souffle. Elle aurait dû le repousser mais une force plus puissante que sa volonté l'en empêchait. Quand il prit ses lèvres et les caressa avec la langue, elle s'abandonna à son baiser fougueux.

Une fois la danse terminée, il prit sa main et, sans un mot, l'entraîna dehors sous le regard mi-interdit, mi-amusé des invités. Une fois seul avec elle, il ne réfréna plus son impatience. La poussant contre le mur, il enserra ses poignets et dévora sa bouche. Cédant au feu qui la brûlait elle aussi, elle lui rendit ses baisers avec la même fureur.

— Tu es à moi. Dis-le, Tess !

Elle rejeta la tête en arrière et resserra autour d'eux son voile qui tombait.

— Je suis à toi, dit-elle dans un murmure.

Elle sut, alors, qu'elle était vraiment perdue.

5.

La musique, les rires de la fête qui se poursuivait sans eux leur parvenaient, étouffés. Ils étaient seuls, haletants, en proie à un désir fou…

Soudain, il la plaqua contre le mur et la souleva. Elle ne protesta pas. Au contraire, elle enroula les jambes autour de lui, impatiente de le sentir en elle. Il empoigna ses fesses à travers la dentelle de sa petite culotte qu'il arracha… et la prit, sans douceur, tandis qu'elle gémissait à chaque assaut de ses reins échauffés.

— Viens…

Elle se cambra et, après un ultime coup de reins, jouit dans un cri.

Elle avait envie de *ça* depuis si longtemps…

Elle revint lentement à elle, reposa les pieds par terre et lissa sa jupe, incapable de comprendre ce qui l'avait poussée à lui céder.

— J'avais décidé que tu ne me toucherais plus jamais, dit-elle.

Stefano esquissa un sourire diabolique.

— Si c'est comme ça que tu me détestes, ça me va !

Elle se tourna mais il lui saisit le poignet.

— Attends… Je ne voulais pas dire ça.

— Ah ? Que voulais-tu dire alors ? Tu m'as fait

un chantage au mariage en menaçant de détruire ma famille, de m'enlever Esme.

— C'était une menace en l'air, Tess. Je ne t'enlèverais jamais Esme. Sous aucun prétexte.

— Alors, pourquoi avoir dit ça ?

— Tu menaçais d'annuler notre mariage.

— Nous nous connaissons à peine. Tout ce que j'ai fait, c'est exprimer des doutes. Et tu m'as prouvé que j'avais raison.

— Je ne veux pas que tu aies peur de moi, dit-il calmement. Mais je ne pouvais pas vous laisser partir, Esme et toi. On ne sait jamais ce que l'avenir réserve. Avec moi, vous n'aurez rien à craindre. Je ne peux pas t'abandonner aux caprices du destin et espérer que tu seras en sécurité. T'épouser est le seul moyen que j'aie trouvé pour te protéger.

Il esquissa un sourire désolé.

— Pardon si je m'y suis pris d'une façon… peu orthodoxe. Je me rachèterai. J'ai toute la vie pour le faire et pour te rendre heureuse.

— Comment peux-tu en être si sûr ?

— Tu m'as dit avoir passé toute l'année à penser à moi.

Il lui caressa la joue.

— Ce que tu ignores, c'est que j'ai passé toute la mienne à essayer de ne pas penser à toi. Et je n'ai pas réussi. Je ne t'ai jamais oubliée, Tess. Il n'y a eu personne d'autre dans ma vie.

— Ah ? Et le mannequin avec qui je t'ai vu hier ?

— Kebe ? C'est une gamine. Je la ramenais d'une fête.

Un sourire satisfait éclaira son visage.

— Tu veux que je te dise ? J'aime que tu sois jalouse.

— Jalouse, moi ? Sûrement pas ! prétendit-elle.

Des rires éclatèrent dans le salon où se tenait le bal.

Tess et Stefano se retournèrent. Des serveurs en livrée passaient et repassaient avec des plateaux couverts de petits fours. Mais Tess ne parvenait pas à détacher son regard de celui de Stefano qui la buvait des yeux.

— Viens, lui dit-il, prenant sa main.

— Où ? Je pense qu'il faudrait retourner avec nos invités, dit Tess. Ils vont se demander où nous sommes passés.

— Je m'en moque. Je veux être seul avec toi.

— Et Esme ?

— Elle est avec ta cousine, elle est bien, non ?

— Oui mais… ma famille ? Que vont-ils penser si je me sauve sans dire au revoir…

— C'est ton jour, Tess. À toi de décider de ce que *tu* veux faire.

Son regard, brûlant, la transperça comme un laser.

Elle avait passé sa vie à faire plaisir aux autres. Toujours d'humeur égale, d'agréable compagnie, se mettant en quatre pour rendre service… Était-elle l'amie idéale, ou, plus modestement, la nièce craintive redoutant de contrarier un oncle et une tante qui lui faisaient parfois sentir qu'elle était un poids ? Redoutait-elle aussi d'être abandonnée comme par le passé par un père irresponsable ?

— Je pars avec toi, murmura-t-elle.

— Alors, viens.

Il lui prit de nouveau la main et se hâta vers l'ascenseur sans se soucier des regards des clients assis au bar, étonnés de voir passer au pas de course le beau milliardaire en smoking et sa jeune épouse…

— Vite, dit Stefano à voix basse, accélérant le pas.

Accrochée à sa main, son voile blanc et ses jupes entravant sa marche, elle remonta le couloir et entra dans l'ascenseur. À peine les portes se furent-elles refermées derrière eux qu'il l'embrassa comme il ne l'avait jamais embrassée. Sur les tempes, les paupières. Et enfin, les lèvres.

Alors que l'ascenseur montait, Tess sentit ses résolutions s'évaporer. Elle avait trop envie de croire que ce n'était pas son romantisme qui l'égarait mais que Stefano était bien un héros fort et généreux en qui elle pouvait avoir confiance.

Elle s'arracha à son baiser et leva les yeux vers lui. Non, elle devait cesser de rêver… sous peine de souffrir de nouveau.

Arrivé à leur étage, Stefano se précipita vers sa suite et lui barra le passage.

— Non, non. Pas comme ça.

Alors, il la prit dans ses bras pour lui faire franchir le seuil de la pièce.

La suite, déjà luxueuse, avait été agrémentée de gerbes de roses rouges et de bougies blanches.

— C'est pour toi, dit-il, souriant de son étonnement.

D'un coup de pied, il referma derrière eux, et continua vers la chambre qui offrait une vue éblouissante sur New York, au crépuscule.

Ici aussi, on avait disposé des bouquets de roses et des bougies. Stefano reposa Tess à terre, et elle s'empressa d'enlever ses escarpins de satin blanc. Il ôta les épingles qui retenaient sa couronne et son voile et libéra ses cheveux roux, puis ôta son smoking et entreprit de la déshabiller.

Lentement, il délaça son bustier. La robe tomba dans un bruissement. Son soutien-gorge couvrait à peine ses seins, et sa culotte, un minitriangle de soie, cachait à peine son duvet roux.

Comme elle commençait à dégrafer son soutien-gorge, il l'arrêta.

— Non, dit-il d'une voix rauque. Garde-le. Tu es si belle !

Il la prit alors dans ses bras et la déposa sur le lit.

— Tu es à moi maintenant.

Impatient, il ôta son pantalon et sa chemise, si violemment qu'il en arracha les boutons, avant de s'allonger à côté d'elle.

— Laisse-moi t'embrasser, dit-il. Laisse-moi te…

Elle s'attendait à être prise à la hussarde comme il l'avait fait à l'extérieur de la salle de bal et se préparait à subir ses assauts, mais elle se trompait.

Cette fois, il avait décidé d'agir différemment. Blottie contre lui, elle se laissa faire. Quel changement… Au lieu de prendre, il donnait. Ses caresses, douces comme un murmure, effleuraient son corps nu. Il ne cherchait pas à cacher son désir mais il se dominait.

Comment pouvait-il avoir encore envie d'elle ?

Soudain, comme s'il se réveillait, il la fit basculer sur lui. Aussitôt, elle le guida en elle et, la tête rejetée en arrière, se mit à le chevaucher. Les yeux fermés, il offrait un visage à la fois douloureux et comblé. Pour la première fois, elle le tenait à sa merci et prenait conscience de son pouvoir sur lui.

— Doucement, la supplia-t-il.

Penchée en avant, elle l'embrassa et se redressa vite. Le besoin de le sentir se répandre en elle était trop urgent pour faire durer l'attente. Enserrant ses hanches, il la souleva et la plaqua sans douceur contre lui, incapable de contenir son ardeur.

— Tess !

D'un coup de reins violent, il s'enfonça plus profondément encore en elle.

— Oui, oh oui !

Alors qu'elle s'abandonnait, il l'entoura des bras et ils restèrent ainsi un moment, épuisés mais heureux, leurs corps nus éclairés par les seules bougies disposées sur les consoles.

Bientôt, elle n'entendit plus que son souffle régulier, et sombra à son tour dans le sommeil.

Le lendemain soir, alors que le chauffeur les conduisait dans Londres, Stefano surprit le regard émerveillé de Tess. Tournée vers sa vitre, elle s'extasiait devant les monuments qui défilaient. Big Ben, la Tour de Londres, Buckingham Palace…

— Je n'ai jamais rien vu d'aussi beau, expliqua-t-elle.

— Tu es New Yorkaise, pourtant ! se moqua-t-il. Rien ne devrait t'impressionner.

— Ce n'est pas pareil. Ici, tout est histoire.

Il passa le bras devant le bébé et posa tendrement la main sur les genoux de sa femme.

— Attends la Fashion Week de Londres. Tu verras, c'est merveilleux.

Stefano venait de vivre les vingt-quatre heures les plus étonnantes de sa vie. Il lui avait fait l'amour quatre fois hier soir à l'hôtel, puis deux fois dans la chambre du jet pendant la traversée de l'Atlantique.

— J'ai très hâte d'y assister, dit-elle, émerveillée d'avance. Londres, Milan, Paris. Je n'arrive pas à y croire…

— Tu n'as jamais assisté à la Fashion Week de New York ?

Elle haussa les épaules en ricanant.

— Penses-tu ! La Fashion Week de New York, c'est pour les célébrités, pas pour les pauvres étudiantes en design. Mais j'ai vu des photos et je me suis toujours demandé comment serait mon défilé si… Enfin, celui de la maison de couture pour laquelle je travaillerais.

Essayait-elle d'insinuer qu'elle voulait travailler chez Mercurio ? Ou Fontana ? Non, elle n'avait plus de raisons de vouloir travailler maintenant qu'elle était mariée.

Il lui sourit.

— Tu feras la connaissance du nouveau créateur de Mercurio à Paris, dit-il.

— Super !

Il aimait son enthousiasme. Parler avec elle était un vrai plaisir. Lui, si taciturne d'habitude, en devenait presque bavard. Elle l'avait transformé.

En montant à bord de leur jet privé à New York, ce matin-là, elle s'était extasiée sur le luxe de « l'aéronef », comme avait dit le pilote.

— C'est votre premier vol dans un jet privé ? lui avait-il demandé.

— C'est la première fois que je prends l'avion !

Elle était charmante et simple, et avait fait la conquête de l'équipage. De l'hôtesse de l'air, en particulier.

Stefano la regarda. Assise dans la Bentley, de l'autre côté du siège-auto, elle souriait, aux anges, émerveillée par les monuments et les curiosités devant lesquels ils passaient. Les bus à impériale, les cabines téléphoniques rouges… Voyant un grand bâtiment victorien en brique flanqué de multiples tourelles, elle lui demanda ce que c'était.

— C'est notre hôtel.

Dès l'arrêt de la Bentley, le portier se précipita.

— Bienvenue au Leighton, madame, dit-il.

Puis, s'inclinant devant Stefano.

— Bonjour, Votre Altesse.

— Bonjour, Walter. Je vous présente ma femme.

Elle prit le bras de Stefano et monta avec lui dans leur suite.

— Cela t'ira pour notre lune de miel ?

Les arrangements floraux et les paniers de fruits

étaient superbes. Une carte de félicitations était insérée au milieu.

— Cela fera l'affaire, je crois, plaisanta-t-elle.

Un coup énergique frappé à la porte les fit se retourner. Deux femmes entrèrent.

— Bonjour, Agathe, dit Stefano à la plus âgée des deux. Tess, je te présente mon assistante. Vous venez me présenter la nounou de ma fille ?

La plus jeune, une blonde, s'avança.

— Oui, Ann Carter. Elle est d'accord pour vous accompagner pendant tout le mois, annonça Agathe.

— Une nounou ? s'étonna Tess. Mais… Nous n'avons besoin de personne. À moins que…

Brusquement, elle comprit.

— Tu m'offres un poste de styliste ? Oh ! Stefano !

Son visage s'illumina.

— Tu n'imagines pas le plaisir que tu me fais !

Stefano se renfrogna.

— Non, Tess, tu n'as pas besoin de travailler.

— Alors, pourquoi ?

Il ne pouvait décemment pas lui dire qu'il voulait disposer de plus de temps pour faire l'amour et se reposer ensuite. Alors, il travestit la vérité.

— En tant qu'épouse, tu vas avoir des obligations. Les défilés. Des soirées. Des cocktails. Des interviews. Des week-ends sur la Côte d'Azur, sur la Costa Smeralda. C'est ma vie, Tess. Et tu es ma femme, maintenant. Te souviens-tu de Fenella Montfort ? Elle était à notre mariage. Nous sommes conviés à dîner chez elle, ce soir.

Ann Carter nota sa réticence comme elle tendait les bras pour prendre Esme.

— Ne vous inquiétez pas. Je me suis occupée d'enfants toute ma vie. Nous nous entendrons bien, n'est-ce pas, bébé ?

Esme agita ses bras potelés et gazouilla de joie.

*
* *

Trente minutes plus tard, Tess et Stefano quittaient le Leighton.

Tess s'était mise sur son trente et un. Elle arborait une nouvelle robe, bleue, mise à sa disposition, parmi d'autres, par la boutique haute couture installée dans la galerie de l'hôtel. On lui avait proposé les services d'un coiffeur-visagiste mais elle avait décliné, jugeant ce luxe inutile. Ses cheveux tombaient sur ses épaules en vagues souples. Le grain fin de sa peau et ses lèvres rouge rubis, follement sensuelles, appelaient le baiser. D'un vert soutenu, éclatant comme des émeraudes, ses yeux avaient une expression absolument charmante. Sa ligne, avec juste ce qu'il fallait de rondeurs, avait de quoi faire chavirer le plus fidèle des époux. Pour empêcher l'air frais et légèrement bruineux de cette nuit d'automne londonienne, elle avait drapé ses épaules nues d'une étole de fausse fourrure.

Elle était belle, et Stefano, ivre de fierté. Il baissa la tête et savoura le goût sucré de ses lèvres.

— J'aimerais ne pas avoir cette obligation, ce soir. Cette Fenella Montfort est encore plus intraitable que son père. C'est lui qui a acheté Zacco. Elle a pris la relève à sa retraite.

— Elle est mariée ?

— Pourquoi ? Serais-tu jalouse ?

— Je me demandais juste…

Les lumières de Londres qui défilait derrière leurs vitres éclairaient son joli visage par intermittence.

— C'est un bourreau de travail. C'est dommage, soupira-t-il. Zacco a bien tiré son épingle du jeu avec elle comme P-DG.

— Pourquoi « dommage » ?

— Parce que le chiffre d'affaires de l'entreprise est en

forte hausse et qu'il sera plus difficile de la convaincre de vendre. C'est tout ce que je veux d'elle, crois-moi.

Elle se mordilla la lèvre.

— Et que veux-tu de moi ?

— De toi ? Tout !

Il l'embrassa, un baiser si ardent qu'il ne remarqua pas que la voiture s'était arrêtée.

Le chauffeur s'éclaircit poliment la voix.

— Nous sommes arrivés, Votre Altesse.

Stefano lâcha Tess et essuya une bavure de rouge à lèvres sur sa joue.

— Viens, lui dit-il prenant sa main. Je suis impatient de te présenter.

6.

Stefano pensait connaître le luxe, il n'avait pas encore tout vu !

À leur arrivée, la fête battait son plein dans l'hôtel particulier de Fenella Montfort. Tout était somptueux, des fleurs au champagne en passant par l'armée de domestiques en uniforme. Partout où il regardait, le logo Zacco — le fameux Z connu dans le monde entier — était présent, gravé ou brodé. Sur les coussins, les rideaux de brocart, les sous-verres…

L'estomac de Stefano se serra. Pour l'heure, les négociations menées par ses avocats étaient au point mort. Les conseils de Fenella faisaient de l'obstruction, arguant du fait que Fenella n'était pas vendeuse. Zacco, toujours glamour, était plus que jamais le *must have* des fashionistas. Elle devait ce regain de gloire à sa nouvelle directrice, Fenella.

Les vêtements, excentriques, voyants et monstrueusement chers, s'étalaient sur les couvertures des magazines en papier glacé. Le cours de l'action avait grimpé de 20% au cours des douze derniers mois. Dans le même temps, la nouvelle marque de Stefano, Mercurio, s'était effondrée. Le design sans génie de leur ancien directeur de création n'avait pas soulevé l'enthousiasme des décideurs. Il fallait un talent particulier, pensait-il, pour s'imposer sur tous les continents à la fois.

Son espoir était que la nouvelle collection Mercurio, dont le lancement avait lieu dans deux semaines à Paris, dessinée par le jeune talent qu'il venait d'engager, remette la société sur les rails.

Mais la vérité était ailleurs. Le destin de Mercurio n'était pas sa préoccupation majeure. Ce qui lui importait, c'était de récupérer une marque qui portait un nom qui lui appartenait, son nom de famille.

— Stefano, sympa de te voir ! lança un mannequin célèbre en l'embrassant sur la joue.

Une femme plus âgée, très branchée, s'arrêta en voyant Stefano.

— Votre Altesse…

— Mme Sakurai, répondit-il, saluant avec respect.

La femme jeta un regard à Tess et passa son chemin.

— C'est Aiko Sakurai, dit Tess, éberluée. Je l'ai étudiée à l'école de design. Elle est incroyable. Si je pouvais avoir le quart de son talent !

— Elle est plus âgée que toi, elle a plus de métier.

— Elle est surtout hyper douée.

— Malheureusement ! Grâce à elle, Zacco vaut plusieurs milliards. L'action est devenue inabordable.

Il prit la main de Tess.

— Allez, viens. Il n'y a pas que Sakurai. Je vais te présenter d'autres personnes.

Pendant l'heure qui suivit, Tess bavarda avec les P-DG, les amis, les journalistes, tous acteurs de la jet-set internationale, que Stefano lui présentait. Chaleureuse, belle et charmeuse, elle fit leur conquête sans effort. L'alcool aidant, elle se sentait très à l'aise, personne ne l'intimidait. Elle traitait tout le monde avec les mêmes égards, milliardaires ou serveurs.

Mais où était leur hôtesse ? Scrutant la foule, Stefano

la repéra en grande conversation avec un Premier ministre étranger et Rodrigo Cabrera, le magnat de la presse espagnole. Il s'approcha, fixant toute son attention sur Fenella Montfort. Mais il s'aperçut vite qu'elle lui battait froid. Le soupçonnait-elle d'être là pour parler affaires avec elle ?

Comment allait-il s'y prendre pour discuter seul à seul avec cette femme qui venait de lui adresser un sourire glacial ?

— Excusez-nous, dit-elle brusquement à ses deux interlocuteurs. Le prince Stefano et moi devons nous éloigner quelques instants.

Les deux hommes s'éclipsèrent.

— Prince Stefano, dit-elle d'un ton calme, je suis très heureuse que vous ayez amené votre épouse. Quelle créature fascinante…

Elle jeta un coup d'œil vers Tess.

— Une vraie originale.

— Merci.

— Vous le prenez comme un compliment ?

Elle pointa le menton vers un jeune homme qui flirtait insolemment avec des mannequins, près de la cheminée.

— Voici Bruno. C'est un musicien, dit-elle en riant. Et un bon amant. Mais il ne me viendrait pas à l'idée de l'épouser. Quelle folie !

Stefano se raidit. Elle n'insultait pas seulement Tess, elle se moquait de lui qui l'avait épousée.

Pourquoi cette agressivité ? Il ne comprenait pas. Il connaissait à peine Fenella Montfort, qui n'était pour lui qu'une partenaire en affaires. Que visait-elle par cette attaque personnelle ?

Il essaya de garder son sang-froid.

— Si nous parlions plutôt de vos actions ?

— D'accord.

Elle pencha la tête de côté.

— Pourriez-vous demander à vos conseils de cesser de nous harceler ? C'est fatigant.

— On peut augmenter l'offre.

— Je n'ai pas l'intention de vendre. À quelque prix que ce soit.

— Vous ne connaissez pas ma nouvelle proposition, insista-t-il.

Elle haussa les épaules.

— Je n'ai pas besoin de la connaître.

— Pourquoi m'avoir invité ce soir, alors ?

— Pour vous le dire en personne.

— Non. Il y a autre chose.

Les yeux de Fenella brillaient anormalement.

— Vous avez raison, bien sûr.

Les yeux mi-clos, elle sourit.

— Je donne un os à ronger aux journalistes de mode. Votre présence ici leur fournit un sujet qui fera vendre leurs magazines. *BEAU, PRINCE, MILLIARDAIRE, IL ASSISTE À LA SOIRÉE DONNÉE PAR LA SOCIÉTÉ QUE SA FAMILLE A PERDUE.* Quel titre ! Votre présence booste Zacco. C'est de la publicité gratuite pour ma marque, mon cher.

Sa marque.

Elle l'avait attiré ici pour l'humilier. Elle lui payerait cet affront !

Furieux, il ouvrit la bouche pour lui dire ses quatre vérités mais réussit à se dominer. Il n'allait pas lui faire le plaisir d'afficher sa rage.

— En ce cas, je vous souhaite une bonne soirée, mademoiselle Montfort, dit-il, tout sourires.

Elle but son champagne.

— À vous aussi, Votre Altesse.

Se tournant avec raideur, il reposa son verre à moitié vide et rejoignit sa femme.

— Allons-y, lui dit-il.

— Tout de suite ?

— Tout de suite, dit-il d'un ton sinistre.

Dans la limousine qui les ramenait à Mayfair, Stefano, songeur, regardait la nuit.

La raillerie de Fenella résonnait encore à ses oreilles.

Après quelques tentatives pour lui parler dans l'espoir de détendre l'atmosphère, tentatives restées vaines, Tess se tut elle aussi. La soirée qui avait commencé dans la bonne humeur s'achevait dans le silence.

De retour dans leur suite, Tess alla tout de suite voir leur bébé, tandis qu'Ann Carter regagnait sa chambre.

Stefano n'aurait jamais imaginé que Fenella Montfort refuserait de vendre, quel que soit le prix offert. Comment était-ce possible ? Il fallait qu'il trouve un moyen de la faire céder.

Mais où était Tess ? Leur chambre était vide. Il commençait à s'inquiéter quand il la retrouva sur la terrasse, emmitouflée dans l'étole de fausse fourrure qu'elle serrait sur ses épaules.

— Que fais-tu ? dit-il.

Elle se tourna vers lui, la tête bien droite, et le regarda dans les yeux.

— Que s'est-il passé, ce soir ? Pourquoi ce départ précipité ?

Il hésita un quart de seconde. Mais à quoi bon nier ? Autant tout lui dire.

— Fenella Montfort refuse de vendre.

Il s'attendait à une boutade, à quelque réponse désinvolte. Au lieu de cela, elle le prit dans ses bras sans rien dire. Il resta un moment silencieux, savourant, les yeux fermés, la douceur et l'intelligence de sa femme. Puis il recula.

— Je trouverai un moyen de la convaincre.

— Et si tu ne réussis pas ?

— Je réussirai.

— Tu as déjà tellement de choses ! Mercurio, Fontana. L'immobilier. Une concession d'automobiles de sport. Une joaillerie. As-tu vraiment besoin de racheter Zacco ? Tu ne veux pas laisser tomber ?

— Mon père ne connaissait que le plaisir : les maîtresses, les histoires d'amour. Il a confié à ses domestiques le soin de m'élever. Il a vendu l'entreprise familiale pour financer sa débauche. Je veux la racheter !

Mélancolique, soudain, elle commença à lui raconter son enfance.

— Je n'ai jamais connu mon père. Ma mère m'a élevée seule. J'avais douze ans quand elle est morte.

Elle baissa les yeux et resserra l'étole sur ses épaules.

— J'ai cru qu'après ses obsèques mon père viendrait me chercher. Mais non. J'ai découvert plus tard qu'il était remarié, avec des enfants.

— C'est méprisable, commenta Stefano.

— Oui, mais c'était toujours mon père.

Il n'y avait pas d'amertume dans ses propos, juste de la tristesse.

— Après l'enterrement de ma mère, je me suis enfermée dans notre appartement avec des livres, pour que mon oncle ne m'emmène pas à Brooklyn. Parce que je croyais dur comme fer que mon père allait venir, mais il a fait comme si je n'existais pas.

Stefano la regardait parler. La lune éclairait son visage baigné de larmes.

— C'est un minable, laissa-t-il tomber.

Tess inspira une grande bouffée d'air.

— On a beau tout essayer, on ne peut pas toujours retrouver ce qu'on a perdu. La seule issue, c'est d'aller de l'avant.

Un nuage passa devant la lune, plongeant Hyde Park dans l'obscurité.

— Si ma tante et mon oncle ne m'avaient pas recueillie, je ne sais pas ce qui me serait arrivé. Bien que… Ça n'a pas toujours été facile, tu sais. Je me sentais redevable. Et puis j'avais peur, si je faisais un faux pas, qu'ils me chassent.

L'étrange comportement de sa femme, le jour où il l'avait rencontrée, prenait un sens. Pas étonnant qu'elle soit tombée si facilement amoureuse de lui, ce premier soir. Elle avait besoin d'un lieu, d'une personne à qui se raccrocher. De quelqu'un qui l'aime pour elle, pas par devoir.

Ému, il la prit dans ses bras et lui murmura des mots tendres.

— Tout va bien maintenant, dit-elle. Nous sommes mariés, nous sommes ensemble pour élever Esme. Elle aura une enfance plus heureuse que les nôtres. Elle saura toujours que nous l'aimons tous les deux.

— Oui, dit Stefano.

Le mot « aimer » l'avait toujours mis mal à l'aise. Il se sentait responsable d'Esme et subviendrait à ses besoins. Mais était-ce de l'amour ?

— Écoute, Tess. Tu sais que l'amour et moi…

Il s'arrêta. C'était un mot qu'il avait du mal à prononcer. Il reprit.

— Tu sais qu'en matière de sentiments, je ne suis pas très fort…

Tendue, le front plissé, elle se prépara à écouter ce qu'elle n'avait pas envie d'entendre.

— Je ne veux pas que tu te fasses de fausses idées comme le soir où nous nous sommes rencontrés quand tu m'as déclaré que tu étais déjà amoureuse. J'avais très envie de te revoir, Tess, mais ça m'a fait peur.

Elle pâlit.

— Ah ! C'est pour ça que tu ne m'as pas rappelée. Je comprends.

Il haussa les épaules.

— Je sais que c'est du passé. Nous sommes mariés, maintenant. Nous allons vivre ensemble mais je ne veux pas que tu te berces d'illusions. Je t'aime beaucoup, Tess, et physiquement nous nous entendons à merveille. Mais je ne peux pas te donner plus.

Un rire amer s'échappa de sa gorge. Elle s'éloigna.

— Je le sais bien. Tu crois vraiment que je ne l'ai pas compris ? Dis-toi bien une chose : maintenant que je te connais, je ne m'aventurerai plus jamais à t'aimer ! Jamais !

Soulagé, il la remercia et lui expliqua sa démarche.

— Je ne voudrais pas que tu sois malheureuse à cause de moi.

— Aucun risque, rétorqua-t-elle.

Préférant ne plus rien entendre, elle détourna la tête et changea de sujet.

— Alors, que vas-tu faire pour Zacco ?

— Convaincre Fenella.

— Comment ?

— Comme d'habitude.

Elle ne répondit pas. Elle venait d'épouser un homme qui ne l'aimerait jamais. Toute sa vie, elle avait rêvé d'aimer et d'être aimée en retour. Ce rêve était piétiné, condamné, mort. Avec Stefano, ils seraient amis. Partenaires. Conjoints. Amants. Mais rien de plus.

Mais c'était difficile à admettre.

Pendant cette semaine londonienne, elle avait passé tout son temps avec lui, le jour aux défilés, le soir aux cocktails, la nuit dans son lit. Il était adorable quand il pensait que personne ne le regardait, et dur quand il se savait observé.

Elle avait découvert qu'il aidait secrètement les personnes nécessiteuses.

Son assistante, Agathe Durand, avait confié à Tess que lorsque son petit-fils était tombé gravement malade, l'année précédente, Stefano l'avait emmené en Suisse où l'enfant avait profité d'un traitement expérimental.

Une autre fois, un soir où ils rentraient au Leighton après une soirée, ils avaient entendu le manager de l'hôtel parler au téléphone. Il avait un parent retenu au Moyen-Orient dans une zone où la guerre faisait rage. L'homme était anxieux. Stefano l'avait interrompu.

« Appelez ce numéro, avait-il dit en lui remettant une carte. Votre parent sera évacué dans la journée. »

Quand l'homme avait voulu le remercier, Stefano lui avait dit : « Ce n'est rien. N'importe qui aurait fait la même chose. »

Tess en doutait.

Elle avait essayé de l'interroger sur les raisons de ses largesses, mais, chaque fois, il l'avait rabrouée. Pour lui, « gentillesse » rimait avec « faiblesse », et il refusait de passer pour un faible.

Leur dernier matin à Londres, Tess se réveilla très tôt. Il lui semblait avoir entendu un bruit dans la chambre d'Esme. Elle bâilla, regarda l'heure : 4 heures passées.

Elle tendit la main vers Stefano, et vit qu'il était déjà levé. Ils avaient fait l'amour, puis elle s'était endormie dans ses bras.

Elle enfila ses mules, passa son déshabillé et se dirigea vers la chambre d'Esme. Il y avait effectivement du bruit à l'intérieur de la pièce. Inquiète, elle passa la tête à la porte. Assis dans le rocking-chair, Stefano donnait un biberon à Esme tout en lui fredonnant une berceuse.

Bouleversée, elle resta à les regarder un moment. Il n'éprouvait peut-être pas d'amour pour elle, mais il aimait leur enfant.

Le biberon terminé, il remit Esme dans son berceau et se retourna pour sortir. Aussitôt, Tess se précipita dans leur chambre et sauta dans le lit où il vint se recoucher.

— Stefano ? demanda-t-elle, faisant semblant de se réveiller.

— Je suis allé voir Esme. Tout va bien.

Il l'embrassa sur le front.

— Rendors-toi.

Comment ne pas aimer un homme aussi touchant ?

Elle aimait sa façon de l'écouter quand elle parlait, comme si ce qu'elle disait était passionnant. Elle aimait sa façon de la regarder, comme si elle était la plus belle créature du monde. Elle aimait sa façon de s'occuper de leur bébé, avec la tendresse du père qu'il apprenait à être, lui qui n'en avait pas eu. Ou presque.

Après Londres, ils passèrent une semaine à Milan, entre défilés et soirées. Stefano avait retenu une suite dans le plus bel hôtel de la ville.

— Tu choisis toujours ce qu'il y a de mieux, lui fit remarquer Tess.

— C'est vrai, dit-il d'une voix rauque. Pourquoi crois-tu que je t'ai épousée ?

Il l'embrassa. Ses lèvres étaient chaudes et lisses comme de la soie.

Ils étaient sortis tous les soirs. Tess avait rencontré des gens fascinants, s'était fait beaucoup d'amis et, surtout, avait porté des vêtements sublimes, différents chaque jour.

Quand elle était petite, elle s'amusait à se déguiser. Elle essayait les vieux costumes de scène de sa mère, pliés dans un vieux coffre qui les avait toujours suivies partout, et que son oncle ne l'avait pas autorisée à garder après la mort de sa mère.

Les soirs où sa mère jouait sur scène, Tess voyait sa métamorphose. L'apparence vous change et change le regard que les autres portent sur vous, elle l'avait constaté. Pendant sa scolarité à Brooklyn, leurs moyens ne leur permettant pas d'acheter des vêtements neufs, Tess avait appris à coudre.

Son admission à l'école de stylisme avait été le plus beau jour de sa vie. Grâce à ses bonnes notes, elle avait obtenu une bourse d'études, mais elle avait quand même dû se serrer la ceinture pendant deux ans. Finalement, elle avait été obligée d'arrêter, ce qu'elle avait vécu comme un crève-cœur.

Aujourd'hui, le fait d'assister à des défilés et de rencontrer des créateurs réveillait ses vieux rêves. Chaque soir, en rentrant dans leur suite, elle ouvrait sa valise et regardait une robe d'un vert chatoyant, réalisée juste après avoir quitté son école de design.

Elle n'avait jamais eu l'occasion de la porter. Depuis Stefano, elle ne portait que des créations siglées. Mais chaque soir, elle l'admirait. Peut-être, un jour, la porterait-elle. Peut-être, un jour, redessinerait-elle.

Cela n'était pas d'actualité, même si, après toutes ces années passées dans le grenier de son oncle, où elle s'était sentie indésirable, elle avait l'impression, avec Stefano, de renaître au soleil après un long et froid hiver.

Entre deux défilés ou autres manifestations liées à la mode, il les avait emmenées, Esme et elle, visiter

Milan. Il aimait la voir s'extasier devant les monuments et l'embrassait comme pour la remercier de son enthousiasme. Alors, elle rougissait. Amusé, il l'embrassait de nouveau. Et peu lui importait qu'il y ait du public !

L'après-midi précédant leur départ de Milan, Stefano avait déclaré qu'il les emmenait pour une escapade sur le lac de Côme. Un de ses amis possédait une villa au bord de l'eau. Ils avaient pique-niqué tous ensemble sur la terrasse, sous un treillis dégoulinant de roses pompons.

Pendant qu'Esme jouait, Tess avait contemplé la lumière du soleil d'automne qui irisait le lac. Assis à côté d'elle, Stefano l'avait prise dans ses bras et protégée du vent froid qui soufflait des montagnes et traversait le lac.

Comment pouvait-il la traiter avec autant d'égards et ne pas l'aimer ?

« Je ne veux pas que tu te berces d'illusions »…

Au souvenir de ses paroles, elle frissonna. Il lui avait recommandé de ne pas l'aimer. Comment pouvait-il se montrer aussi cruel ? Fallait-il donc qu'elle cesse de rêver ?

7.

Les mains dans les poches, Stefano faisait les cent pas dans son appartement parisien quand, soudain, il s'arrêta et se tourna vers Tess. Assise devant sa coiffeuse, elle se faisait maquiller.

— Où est-elle ? demanda-t-il pour la dixième fois.

Elle lui sourit.

— Elle sera là d'une minute à l'autre.

— Pourquoi cela prend-il tant de temps ? gronda-t-il, se passant nerveusement la main dans les cheveux. Nous sommes censés partir dans dix minutes.

— Nous avons le temps.

Rassuré par le calme de Tess, il souffla. Il ne savait pas ce qu'il ferait sans elle. C'était étrange. Cet appartement parisien lui appartenait depuis des années. Il occupait tout le dernier étage d'un immeuble haussmannien, avec des balcons filants donnant sur la tour Eiffel et les arbres du Champ-de-Mars qui commençaient à roussir. Il ne s'y était jamais senti chez lui. En famille maintenant, ce qu'il éprouvait était différent. Esme n'avait pas seulement une chambre, mais elle disposait également de toute une nursery. Ann Carter était là et jouait avec elle.

— Je brûle d'impatience de voir la collection de

printemps Mercurio ! déclara Geneviève Vincent, la visagiste amie de Stefano qui coiffait Tess.

Elle sourit et inclina la tête de Tess.

— Je suis sûre que tu l'as déjà vue, Stefano. Qu'en penses-tu ? Franchement, dis-moi. Je te promets de ne pas en parler dans mon blog.

— Désolé, Geneviève. Je ne peux rien te dire, répondit Stefano. Mais ça va être génial.

— Vraiment ? Donc tu l'as vue. Tu dis qu'elle est géniale ? Je peux dire que l'indiscrétion vient de toi ?

Il hésita. Caspar von Schreck, son nouveau designer, avait refusé de le laisser voir les croquis à l'avance, prétextant « un risque d'interférence » *avec son* « processus créatif ». Stefano n'avait donc pas insisté, d'autant moins que von Schreck avait promis d'envoyer des modèles des robes que Tess porterait au défilé de ce soir.

Stefano redoutait les fuites capables de couler une collection avant même qu'elle ait été présentée dans un défilé.

— Tu peux dire qu'elle sera merveilleuse. Que le monde entier sera impressionné. Et, oui, tu peux me citer.

Quand on frappa à la porte, ils se regardèrent tous les trois.

— Tu vois, Stefano ! dit Tess gaiement. Tu t'inquiétais pour rien !

Un instant plus tard, un homme entrait dans la pièce, poussant un portant recouvert d'un grand drap blanc frappé du logo de Mercurio.

— Enfin ! soupira Stefano.

Pressé de découvrir la collection, il souleva le grand drap.

— Oh !

Il n'y avait que trois cintres. Trois robes.

Contrarié, mais également impatient, Stefano décrocha le premier cintre. Puis les deux autres.

Les trois robes, couleur beigeasse, n'étaient ni faites, ni à faire ! Les ourlets étaient irréguliers, et les découpes sur les hanches, étranges. Les décolletés défiaient la décence.

Geneviève, qui se tenait à côté de lui, ouvrit de grands yeux.

— C'est la collection Mercurio ?

— Très… innovant, dit Stefano, essayant de rester calme.

— Innovant ? reprit Tess. Tu plaisantes ! C'est affreux !

— Choisis-en une et habille-toi. Je vais voir Esme. Nous devons partir.

Stefano sortit et traversa le couloir qui menait à la nursery en essayant de se raisonner. Son styliste savait ce qu'il faisait. L'homme était en vogue. Tout ce que le monde de la mode comptait d'influenceurs s'accordait à dire qu'il était actuellement le meilleur sur la place. C'était lui qui ne comprenait rien aux dernières tendances. Tess et Geneviève non plus, d'ailleurs ! Il sourit en entrant dans la chambre d'enfant, et le visage de sa fille s'illumina dès qu'elle le vit.

— Be-leu, be-leu, be-leu, bafouilla-t-elle quand il approcha.

— Bonsoir, Votre Altesse, dit la nounou. On lisait une histoire.

— Je vois ça.

Prenant Esme dans ses bras, il la serra contre lui et huma l'odeur sucrée de ses cheveux. Puis il la recoucha. Son cœur battait d'une émotion qu'il ne connaissait pas. De la fierté, sans doute. Oui, ça ne pouvait être que cela…

— Bonsoir, Ann. Nous sortons.

Dans le couloir, il hésita à retourner dans la nursery. Ce soir, il avait envie de rester avec sa fille et Tess. C'était nouveau. Jamais il n'avait ressenti ce genre de désir. Était-ce la fibre paternelle qui l'animait subitement ?

C'était ridicule. *Il* était ridicule. Levant les bras, il vérifia ses boutons de manchette en platine et se demanda quelle robe Tess avait choisi de porter. Heureusement, sa femme était si belle qu'elle serait sublime, même en haillons !

Quand il sortit du couloir et rentra dans le salon, il aperçut Geneviève qui remballait ses peignes et ses pinceaux. Tess était prête, théâtrale dans une longue cape noire.

— Alors, quelle robe as-tu choisie ? lui demanda-t-il.

Elle le regarda et répondit d'un air évasif.

— C'est une surprise.

— Tu en as donc trouvé une ?

— Oui, oui. Je reviens tout de suite, je vais câliner Esme.

Quelques instants plus tard, ils quittaient l'appartement. Une bruine froide et vaporeuse tombait sur la Ville lumière. Tess avait rabattu les pans de sa cape sur ses jambes pour empêcher Stefano de voir le moindre bout d'étoffe.

Elle a raison de ne pas laisser voir sa robe avant de fouler le tapis rouge, pensa-t-il. Mais quelle bonne surprise pouvait-on attendre d'une robe ratée, même portée par la plus jolie des femmes ?

Et dire qu'il avait tout misé sur la collection Mercurio…

Si la collection de printemps de Caspar von Schreck remportait le succès escompté — ce dont il doutait maintenant, au vu des robes entraperçues — Mercurio s'envolerait. Ce qui signifiait que le cours des actions de la holding Gioreale, allait s'apprécier. Il pourrait s'appuyer sur cette hausse pour faire une nouvelle offre à Fenella Montfort en vue d'acquérir Zacco.

Mais si ce soir n'était pas un succès…

Il se frotta nerveusement les mains.

Il fallait à tout prix que la collection plaise.

Caspar von Schreck était le meilleur, se répétait-il. C'était le designer le plus talentueux du moment. Tout le monde le célébrait. Mercurio *devait* faire un malheur !

La limousine se gara devant le Grand Palais où avait lieu le défilé Mercurio.

Avec le mystère et le buzz qui entouraient ce défilé, c'était l'événement le plus attendu de la Fashion Week parisienne.

Boutonnant sa veste, Stefano descendit de voiture, un sourire un peu crispé aux lèvres. La pluie s'était arrêtée. Les badauds, bouche bée devant tant de beau monde, applaudissaient. Mais Stefano n'avait d'yeux que pour sa femme. Elle semblait nerveuse. Elle fit quelques pas jusqu'au tapis rouge et, là, laissa tomber sa cape.

Stupeur ! Elle n'était ni en beige, ni en bleu, ni en noir… Elle ne portait même pas une robe signée Mercurio.

Stefano en resta bouche bée.

Une robe vert émeraude chatoyante épousait sa silhouette et soulignait sa chevelure flamboyante qui tombait sur ses épaules. Ses lèvres pleines et sensuelles étaient peintes de carmin. Elle était belle à damner un saint.

Un murmure s'éleva dans le camp des badauds. Les flashs des paparazzis crépitèrent.

— Quelle belle robe, Votre Altesse ! C'est la collection de printemps de Mercurio ?

— Sublime ! cria une autre journaliste. Magnifique !

Lentement, Tess se tourna vers Stefano, avec un

regard qui semblait le supplier de lui pardonner cette trahison.

Il avait vu cette robe dans sa valise. Il avait vu Tess, qui ignorait qu'il l'observait, soupirer en la regardant. C'était une de ses créations !

Quelle gifle pour Caspar von Schreck ! Mais quel triomphe pour elle !

Mais qu'allait-on dire de la femme du P-DG qui snobait Mercurio pour porter sa propre robe ?

— Superbe tenue, Votre Altesse ! Est-ce un avant-goût du défilé de ce soir ?

De plus en plus gênée, Tess commença à bafouiller.

— Non. Euh… En fait, c'est…

— La styliste, c'est elle, poursuivit Stefano, la prenant par les épaules. Ma femme a un talent fou.

À la fois flattée et gênée, Tess regarda autour d'elle. Les journalistes semblaient ravis d'avoir la primeur d'une de ses créations. Stefano, lui, avait sa tête des mauvais jours. En la félicitant ouvertement, il venait de porter un coup à son entreprise et insultait son nouveau designer.

Mais que pouvait-il faire d'autre, Tess l'ayant mis devant le fait accompli ? Pourquoi, comment avait-elle osé le poignarder dans le dos, alors que Mercurio était en jeu ?

Les journalistes les poursuivaient.

— Prince Stefano, vos impressions sur le travail de von Schreck ?

— La collection de printemps est une déception ?

Stefano leur sourit.

— Vous en jugerez par vous-mêmes. Merci, mesdames, messieurs…

Prenant le bras de Tess, il l'entraîna avant que pleuvent d'autres questions.

— Merci, Stefano. J'avais peur que tu sois en colère mais, franchement, je ne pouvais pas porter ces robes.

— Comment as-tu osé, Tess ? La presse va penser que je désavoue von Schreck pour te lancer, toi.

— Pourquoi m'as-tu soutenue, alors ?

— Pour faire comme si j'étais fier de toi !

— Parce que tu ne l'es pas ?

Stefano grinça des dents.

— Tu as du talent, Tess. Personne ne le conteste. Ta robe est…

Il la détailla des pieds à la tête.

— … spectaculaire. Mais tu ne penses pas sérieusement lancer ta maison de couture ! Tu te vois travailler jour et nuit dans un studio et laisser Esme à une nounou ? Tu sais ce que c'est pour un enfant d'être élevé par un étranger ? Parce que ce serait le cas.

Elle serra les dents.

— Tu oublies, on dirait, que j'ai passé la plus grande partie de ma vie à travailler dans la boulangerie de mon oncle.

— Non. Je n'oublie rien. Je sais que c'est en partie ma faute, parce que je t'ai abandonnée sans argent. À ma décharge, j'ignorais la situation.

À la pensée du dénuement dans lequel s'était retrouvée Tess avec son bébé, il se renfrogna.

— Tant que tu seras ma femme, tu vivras confortablement.

— Et si je veux réaliser mon rêve ?

— Quel rêve ? Être l'assistante d'un assistant ? Passer tes journées à aller chercher des cafés pour les chefs, et faire peu de design ? Pour un salaire de misère, qui plus est. C'est ça, ton rêve ? Tu ne préfères pas t'occuper de notre fille ?

Tess sentit son cœur se serrer mais, il fallait faire

bonne figure. Ils étaient entrés dans le Grand Palais, qui était bondé.

— Il y a peut-être un moyen de combiner les deux.

— Ce soir, c'est Mercurio qu'on devait encenser. En fait, ce sera toi.

Elle leva crânement le menton.

— Je ne pouvais pas porter ces robes, Stefano. Elles étaient horribles. Aucune femme ne les aurait portées.

Il se tut. Tess avait raison. Il imaginait mal une seule de ses conquêtes dans une des robes excentriques de Caspar von Schreck. Ce constat signifiait plusieurs choses.

Que la nouvelle collection allait faire un flop.

Que le cours de l'action allait chuter.

Que Zacco était définitivement perdue.

À son entrée dans le salon où se tenait le défilé Mercurio, Stefano affichait son sourire conquérant et son air suffisant comme s'il ignorait que la bataille était déjà perdue.

Lorsque les lumières commencèrent à clignoter, il se sentit soulagé. Le spectacle allait commencer, il n'avait plus besoin de donner le change.

Assis au premier rang de la salle bondée, il attendit en silence. Les lustres s'éteignirent. Une musique psychédélique semblant sortir des limbes se mit à hurler tandis qu'au-dessus de leurs têtes une lumière stroboscopique commençait à projeter des silhouettes audacieuses sur une fumée provenant des coulisses.

Stefano commença à souffrir. Cette musique tonitruante, ces lumières pulsantes… C'était à la limite du supportable.

Les mannequins commencèrent à défiler. Von Schreck s'était surpassé… dans le ridicule. Aucun modèle n'était portable, et les jeunes filles, avec leur maigreur d'anorexique, leur moue boudeuse et leur démarche guerrière, achevaient d'enterrer définitivement la collection de printemps. C'était un désastre, pensa Stefano. Heureusement, il y était préparé.

Mais il n'avait pas encore tout vu.

Soudain, une armée de mannequins arborant des masques géants d'animaux sauvages s'élança sur le podium. La musique s'arrêta. Un silence consterné se fit parmi les invités, suivi d'éclats de rire. Dans le chahut digne d'une classe de sixième, comme pour donner le coup de grâce, un mannequin au masque de lion, qui n'avait sans doute pas les yeux en face des trous, trébucha sur ses talons aiguilles et tomba du podium, sur les genoux du rédacteur en chef de *Vogue Italia*. Imperturbables, les autres continuèrent leur défilé grotesque.

Stefano sentit la main de sa femme serrer son bras. Inquiète, elle le regardait.

La mascarade n'en finissait pas.

Quand tout s'arrêta, enfin, Caspar von Schreck, le jeune designer branché que Stefano avait recruté à la demande expresse du conseil d'administration de Gioreale, arriva à son tour sur la scène. Pour compléter son look 2.0 — barbe de bûcheron, pantalon bouffant en tweed et chemise ouverte — il tenait serré sur son cœur son petit loulou de Poméranie. Exultant, il salua la foule des invités, s'inclinant cinq fois de suite comme s'il venait de faire un triomphe.

Quel prodige ! Il ne fallut pas longtemps à Stefano pour mesurer l'ampleur des dégâts. Von Schreck venait tout simplement de lui faire perdre toute chance de réaliser *son* rêve : racheter Zacco.

Ce n'était pas tout à fait juste. Von Schreck n'était pas seul responsable du désastre. Stefano avait sa part de responsabilité. Il aurait dû insister pour voir les croquis à l'avance. Il aurait dû savoir qu'un designer, aussi talentueux fût-il, pouvait divaguer, dans l'ivresse de sa vanité.

— Génial ! lança une invitée qui postait un commentaire sur son blog, Vous avez vu ça ? Von Schreck s'est reconverti dans les déguisements de Halloween !

La moquerie ne tomba pas dans l'oreille d'un sourd. Arborant son indéfectible sourire, Stefano se leva et se dirigea vers les coulisses.

Non seulement le cours de l'action allait chuter, dès le lendemain, mais en tant que P-DG de Gioreale il allait devoir expliquer aux actionnaires et aux médias comment, sous sa direction, Mercurio était passée du statut de référence absolue à celui de marque en déclin.

— Stefano…

— Non, Tess. Pas maintenant.

Il y avait une personne à qui il voulait parler pour l'instant. Une seule.

Comme pressé d'en découdre avec le génie qu'il avait engagé, Stefano accéléra le pas.

Dire que son mari mettait tous ses espoirs dans ce défilé et qu'il était raté !

Les coulisses bruissaient d'agitation, comme celles de toutes les maisons de couture lors d'un défilé. Les mannequins bousculaient les habilleuses qui bousculaient les portants. Un journaliste américain, co-animateur d'un *talk-show* matinal très suivi, interpella Stefano :

— Votre Altesse ! Prince Stefano ! Un commentaire s'il vous plaît. Que pensez-vous de votre nouvelle collection de printemps ?

— Nous sommes très fiers d'avoir un artiste aussi audacieux et avant-gardiste que notre directeur de création, déclara Stefano. Il change notre vision du monde.

À ses mâchoires crispées, Tess savait qu'il essayait de positiver mais qu'il bluffait. Soudain, on entendit des cris et un aboiement.

Tess se retourna. Caspar von Schreck réprimandait une jeune femme, et son loulou s'en mêlait. La fille, en larmes, tenait son masque de lion sous le bras.

Tess reconnut Kebe, le mannequin qui accompagnait Stefano à New York. C'était elle qui était tombée du podium.

— Tu es une idiote ! criait Caspar von Schreck.

— S'il vous plaît, monsieur von Schreck, pleurait la fille. Je ne l'ai pas fait exprès.

— Tu es nulle, et à cause de toi mon défilé sera un fiasco. Compte sur moi pour m'assurer que tu ne travailleras plus jamais dans ce métier !

Tess s'avança et s'interposa entre la jeune fille en larmes et le designer qui continuait à l'incendier.

— Qu'est-ce que vous voulez, vous ?

Tess releva le menton.

— Je crains que ce ne soit vous, monsieur, qui n'ayez pas votre place dans ce métier.

Un ange passa. Von Schreck fusilla Tess du regard.

— Qui êtes-vous ?

Il regarda sa robe verte avec mépris.

— Vous assistez à mon défilé et vous ne portez même pas du Mercurio. Vous n'êtes rien !

Tess sentit un calme inédit la gagner.

— Vous avez raison, dit-elle. Je ne suis rien. Mais je sais reconnaître une coupe de qualité. Les trois robes que vous nous avez fait livrer aujourd'hui n'avaient ni classe ni chic.

— Les trois…

Le créateur sembla déstabilisé.

— Attendez. Vous êtes…

— Et vous devez le savoir, poursuivit-elle. Sinon,

pourquoi forcer ces pauvres filles à porter des masques d'animaux si ce n'est pour attirer l'attention de l'assistance sur autre chose que vos haillons ? Quelle honte !

Quelque part au fond du vestiaire, des rires étouffés éclatèrent. De toute évidence, le designer n'était pas très populaire, même pas auprès de son équipe.

Von Schreck, l'œil méchant, fit un pas vers Tess.

— Taisez-vous !

— Comment osez-vous traiter les gens comme ça ! Vous êtes peut-être célèbre, dit-elle, raide comme un I, mais vous n'êtes qu'un imposteur sans talent !

Fou de rage, Von Schreck poussa un rugissement et levait le bras pour la frapper quand quelqu'un l'arrêta.

— N'y pensez même pas, dit froidement Stefano.

Il lâcha le bras qu'il avait empoigné.

— Vous êtes licencié, von Schreck. Je cautionne tout ce que ma femme vient de vous dire. Vous pouvez disposer. Vous êtes libre.

Sidéré, Caspar von Schreck regarda tout autour de lui : un cameraman tournait, et la vidéo passait en direct à la télévision.

— Vous ne pouvez pas me virer. Je démissionne ! Mercurio n'est pas digne de mon talent. La semaine dernière, Fenella Montfort m'a ouvert grandes les portes de Zacco, et je vais accepter. C'est une vraie maison de couture, au moins !

Alors que son chien aboyait dans ses bras, il ajouta :

— Zacco, c'était bien votre société, Votre Altesse ?

Stefano, menaçant, fit un pas vers lui. Ses yeux lançaient des éclairs.

— Allez-vous-en, von Schreck.

— Je vous souhaite bonne chance. Avant que vous trouviez un styliste aussi doué que moi…

Sur ces mots, Caspar von Schreck pivota sur ses

talons et partit, son chien aboyant sa colère à l'adresse de Stefano.

Soulagée, Tess sourit au mannequin en larmes.

— Ça va mieux ?

Kebe hocha la tête et se sécha les yeux.

— Je vous remercie. Vous n'étiez pas obligée de prendre mon parti.

— J'avais quelques raisons. Pour commencer, vous êtes une amie de mon mari. Et personne n'a le droit de traiter les gens de cette manière.

Sentant une veste couvrir ses épaules, Tess se retourna. Stefano la regardait, une émotion étrange dans les yeux.

— Je suis heureux que tu sois là.

Il jeta un coup d'œil à Kebe.

— Ta mère va m'en vouloir. Je suis désolé de ce qui s'est passé.

— Ne vous inquiétez pas. Je lui raconterai que vous avez tous les deux pris ma défense.

Elle fit une moue dégoûtée.

— Je vais commencer par me changer. Cette robe est vraiment trop moche.

— Prince Stefano ! le héla une journaliste américaine en lui tendant son micro. Il paraît que vous avez limogé von Schreck pour le remplacer par votre femme. Elle connaît le milieu de la mode ? Un commentaire ?

Tess ravala sa colère.

— Vos informations sont erronées, chère madame. Il nous quitte, car son travail n'est pas à la hauteur de la réputation de notre maison et pour insultes au personnel. Mercurio va maintenant se concentrer sur sa prochaine collection. Quant à ma femme, bien qu'elle ait un vrai talent, sa priorité est l'éducation de notre fille. Je vous remercie.

Stefano prit la main de Tess.

— Excusez-nous…

Et ils partirent. Dehors régnait la même folie qu'à l'intérieur. Les badauds les interpellaient, tentaient de leur bloquer le passage, exigeaient des selfies. Pour la première fois, Tess comprit l'utilité des gardes du corps.

Une fois installé dans la limousine, Stefano se tourna vers elle.

— Je suis heureux que tu aies été là, ce soir, Tess.

Tendant la main, il lui caressa la joue.

— Merci pour ce que tu as fait.

La bruine qui tombait dessinait des halos dans la lumière des réverbères. C'était beau. C'était Paris.

Stefano attira Tess à lui et, très tendrement, prit ses lèvres.

Une semaine plus tard, assis à son bureau au siège parisien de Gioreale, Stefano consultait les documents qu'il avait reçus. Il était presque minuit, et l'immeuble était calme. Même Agathe Durand était rentrée chez elle.

Après s'être étiré, il se leva et alla se servir un verre. Ni glace ni eau. Un scotch. Sec. Qu'il alla boire debout à la fenêtre. La nuit était claire et froide. Les toits étaient givrés, et la lune semblait piquée de cristaux de glace. Devant lui se dressaient les tours de verre et d'acier de la Défense, le quartier parisien des affaires.

Il était songeur. Il n'avait toujours pas remplacé von Schreck. Les résultats de Mercurio étaient en chute libre. La dégringolade était allée plus vite encore qu'il ne le prévoyait. Comme Caspar von Schreck l'avait annoncé, il était parti chez Zacco.

Stefano but une gorgée de scotch. Dans le passé, il lui était arrivé à lui aussi de voler des « pointures » à des maisons concurrentes. Mais toujours par hasard. Dans le cas présent, il soupçonnait Fenella Montfort d'espérer obtenir autre chose de von Schreck que ce qui avait été négocié…

Première erreur, pensa-t-il. Mais cela lui ferait les pieds !

Se sentant agité, il commença à arpenter le bureau, se servit un deuxième verre. Il avait passé la semaine à limiter la casse, tentant de rassurer la presse et les actionnaires de Gioreale. Toujours nerveux, il se versa un troisième verre qu'il but en regardant la nuit.

Assez ! se dit-il. *Il faut rentrer, maintenant.*

Une fois son bureau fermé à clé, il dit bonsoir au gardien et sortit. Sans trop savoir pourquoi, il se retourna pour jeter un coup d'œil au siège de Gioreale et ressentit une angoisse inédite. Ce monde, la mode, les actionnaires, les stylistes hystériques… Il n'en pouvait plus. Il n'en voulait plus. Fermant les yeux, il se prit à rêver de tout ce qu'il n'avait pas — parce que, jusqu'à présent, il n'en avait pas voulu. Des orangeraies, des vignes mûrissant sous le soleil, des vallons et des collines douces, une vie simple…

Gioreale. Il avait baptisé son affaire du nom de l'ancien château de sa famille en Sicile, qu'il n'avait jamais revu depuis sa jeunesse.

C'était étrange. Pourquoi ce paysage lui manquait-il subitement ? Pourquoi rêvait-il de la chaleur, du parfum des citrons, de la lavande et du thym de cette Méditerranée qu'il avait tant haïe, enfant ?

Il monta dans sa voiture et regagna le 7e arrondissement, perdu dans ses pensées, avec l'impression d'avoir à peine vu Tess et Esme de la semaine.

À son arrivée, le salon était plongé dans le noir. Elles étaient couchées. Il posa son attaché-case et accrocha son manteau. Non loin de là, la tour Eiffel brillait de tous ses feux. Il regarda sa montre. *Encore cinq minutes, et elle cessera de clignoter*, se dit-il.

Une seule lumière brillait au bout du couloir. Sa femme était réveillée. Tess l'attendait tous les soirs, même tard, même s'il lui disait de se reposer.

— Tu rentres plus tôt que d'habitude, dit Tess lui souriant.

Réprimant un bâillement, elle s'assit dans le lit, mettant de côté son roman.

— J'aime quand tu rentres tôt.

Elle le dévorait des yeux.

Stefano se tourna. Il ne voulait pas voir ce regard débordant d'amour. Puis il se ravisa.

— Tu n'aurais pas dû veiller…

— Ça ne me dérange pas, et puis c'est la seule façon de te voir.

Il la regarda. Elle était ravissante dans son pyjama de soie, les cheveux défaits. Et tellement désirable !

Incapable de détacher les yeux de son visage, il s'approcha, déposa un chapelet de baisers sur son front, ses joues, son cou, dans l'encolure de sa veste en soie…

Pris d'une envie folle de lui faire l'amour, il s'assit sur le lit mais au lieu de passer les mains sous sa veste de pyjama et de la caresser, il se pencha pour enlever ses mocassins.

— Que dirais-tu de partir en vacances ?

— En voyage de noces ?

Stefano se redressa brusquement.

— Un voyage de noces ?

— Oui. J'ai adoré Milan et Londres. Paris est super. C'est juste que…

Les yeux fixés sur le livre qui s'était refermé sur ses genoux, elle fit semblant de réfléchir.

— Tu as passé tellement de temps au bureau à essayer de régler les problèmes avec Mercurio et Zacco que je pense que ce serait bien d'avoir un peu de temps à nous.

Il la fixa d'un air étonné.

Elle avait raison. Il l'avait privée de lune de miel. Il avait passé les trois dernières semaines à courir l'Europe, avec elle, à se ronger les sangs pour des choses sans importance qui, d'ailleurs, n'avaient rien donné.

— Bien sûr, dit-il.

— Tu es d'accord ? Formidable ! Où çà ?

Ils n'avaient que l'embarras du choix. Sa maison sur la plage à Saint-Barth. Une villa dans le sud de la France. Une croisière en Sardaigne. Les îles grecques. Ou l'été indien en Nouvelle-Angleterre.

— Que dirais-tu de voir mon château en Sicile ?

— J'adorerais !

— C'est là que j'ai été élevé.

Il enroula une mèche de ses cheveux roux autour de son doigt.

— Ce n'est pas luxueux, mais on voit la mer partout. Il y a des vignobles à perte de vue. Le village, lui, est à moitié abandonné.

— Tu me fais rêver.

— Je ne te garantis rien, dit-il en riant. Je n'y suis pas retourné depuis… mes douze ans.

La dernière fois qu'il avait vu Gioreale, le village, c'était par la vitre arrière de la voiture qui l'emmenait à l'aéroport pour aller rejoindre ses parents aux États-Unis. Gioreale lui avait paru particulièrement triste avec ses magasins abandonnés, ses rues vides hantées par quelques vieillards voûtés qui erraient comme des fantômes. Les jeunes avaient tous déserté ce lieu sans avenir.

— On part quand ? demanda Tess, enthousiaste.

— Demain.

Il espérait ne pas faire d'erreur en les emmenant, Esme et elle, sur les terres de son enfance qui ne lui rappelaient pas que de bons souvenirs. Mais Tess semblait ravie, c'était ce qui comptait. Quant à lui, il avait très envie de voir autre chose… Que pouvait-il trouver de mieux pour fuir le monde qu'un château à moitié en ruine dans la campagne sicilienne ?

— Merci, dit-elle caressant sa joue râpeuse. Tu ne peux pas savoir comme tu me fais plaisir.

— Vraiment ? dit-il promenant son regard de ses lèvres joliment ourlées à son décolleté.

Tess se mit à genoux et, tendant les bras vers lui, dénoua sa cravate et la jeta à terre. Puis, un sourire coquin aux lèvres, elle éteignit la lampe. Les rayons de la lune filtrant à travers les rideaux argentés déversèrent dans la chambre une lumière diaphane.

L'envie de la prendre s'empara aussitôt de lui, en même temps que l'audace de Tess le surprenait. Jamais encore elle n'avait pris l'initiative dans ce domaine. Et qu'elle ose lui plaisait. La main sur son épaule, il la poussa doucement, la faisant retomber en arrière sur le lit. Commencèrent alors les caresses, sages d'abord puis de plus en plus intimes. Le galbe de ses seins, l'insolence de ses mamelons qui pointaient crânement sous la soie, la douceur de sa peau, tout en elle n'était que tentation.

Il tenta d'ignorer ce que lui chuchotait son cœur, essaya de le bâillonner, car il ne voulait ni écouter ni entendre ce traître qui reprenait vie.

8.

Le visage offert au soleil, elle souriait, les yeux fermés. Le vent ébouriffait ses cheveux roux qu'elle avait tenté d'emprisonner dans un foulard. En vain. La décapotable filait sur la route qui serpentait dans la campagne sicilienne brûlée par le soleil encore chaud de l'automne.

Elle portait une robe dos nu et des espadrilles. Derrière elle, dans son siège-auto, Esme gazouillait en agitant ses petites jambes potelées. Dès leur arrivée en Sicile, dans un des jets de Stefano, Tess s'était sentie libre, comme si tous leurs problèmes, les gardes du corps, les assistants et autres nounous étaient restés derrière eux. Stefano avait remisé ses costumes au vestiaire. Détendu, il portait un T-shirt noir et un jean qui épousait ses cuisses fuselées. C'était comme s'ils avaient atterri sur une autre planète.

Après avoir quitté l'aéroport, ils avaient musardé, traversé la petite ville de Ragusa où Tess s'était promenée et extasiée devant les gargouilles sculptées dans les sous-faces des balcons de pierre d'un vieux manoir.

— Le *Palazzo Zacco*, lui avait-il dit.

Elle avait écarquillé les yeux.

— Zacco ?

— Pas d'excitation, avait-il rétorqué en riant. Ce

n'est pas le nôtre. Celui-ci a été construit par une autre famille qui n'a rien à voir avec nous. Non, le nôtre se trouve plus haut dans les collines.

Ils avaient longé la côte par la route du bord de mer et s'enfonçaient maintenant dans les terres. À droite et à gauche, au loin, ce n'était qu'orangeraies et oliveraies. La route grimpait au milieu de champs de vignes lourdes de grappes qui attendaient d'être vendangées.

Soudain, au loin, elle aperçut des toits.

— C'est le village de Gioreale, dit-il tranquillement. Il a été à moitié détruit par un tremblement de terre en 1961. Mon père a achevé le désastre par sa négligence.

Plus ils approchaient, plus Stefano se tendait. Cela se voyait à ses mains, crispées sur le volant.

En entrant dans le village, Tess s'étonna de l'état des bâtiments.

— C'est bien entretenu, dit-elle. Ce stuc rose, ces volets verts fraîchement peints, c'est charmant et très propre.

Des fleurs dégringolaient des fenêtres, et les voitures garées dans les rues étaient en bon état. Des cafés, avec leurs terrasses abritées par des auvents à rayures, bordaient la grande place où grouillaient des touristes armés d'appareils photo qui immortalisaient le ravissant village, la magnifique fontaine en pierre sculptée. Ce n'était pas la misère à laquelle elle s'attendait.

— Je croyais que tout tombait en ruine !

La décapotable ralentit.

— Ça a changé, dit Stefano en jetant des regards étonnés autour de lui. Tu vois la fontaine ? Autrefois, il n'y avait jamais d'eau.

Sur ces mots, il appuya sur l'accélérateur, et la décapotable s'envola.

— Attention ! Esme !

Coup d'œil de Stefano dans le rétroviseur.

— Esme ? Elle tape dans ses mains. Elle est ravie. Je crois qu'elle adore le vent qui lui ébouriffe les cheveux. Ça la chatouille et ça la fait rire.

Tess sourit et regarda les collines verdoyantes. L'air saturé de soleil sentait bon le foin séché.

— Je n'aurais jamais cru que ça puisse être aussi beau.

Elle sortit la main et montra les moutons, taches blanches mousseuses dans un champ.

— C'est magique, dit-elle. Pour un peu, je me prendrais pour la princesse d'un conte de fées.

— Mais tu es une princesse, Tess ! Une princesse qui fait du tourisme à Gioreale.

Adossée à son siège en agneau plongé, elle ferma les yeux pour tenter de se rappeler la dernière fois qu'elle s'était sentie si heureuse. La scène qui avait eu lieu à Paris lui semblait déjà de l'histoire ancienne.

Stefano lui avait dit que les actions de sa société avaient perdu 9% de leur valeur, ce qui représentait plusieurs centaines de millions d'euros — le prix de Zacco.

Quant à Mercurio, son défilé n'avait pas eu de bons échos dans la presse. La vidéo de Tess se disputant avec Caspar von Schreck avait déjà eu un million de vues. Certains la félicitaient d'avoir pris la défense de Kebe, le jeune mannequin, d'autres s'indignaient de son aplomb. Comment avait-elle osé insulter un génie de la haute couture ?

Seul point sur lequel tout le monde s'accordait : Mercurio aurait du mal à survivre à cet échec.

Pendant le vol vers la Sicile, elle avait appelé Hallie et Lola. Ses amies étaient scandalisées.

— Tu as eu raison ! dit Hallie.

— On ne peut pas toujours laisser les imposteurs triompher ! avait renchéri Lola.

Tess avait été heureuse d'entendre ses amies. De son côté, Stefano avait passé le plus clair de son temps au téléphone avec les membres de son conseil d'administration. Il ordonnait qu'aucun vêtement ne sorte tant qu'ils n'auraient pas engagé un nouveau styliste. Ce serait un coup dur pour le chiffre d'affaires, surtout pour le *flagship* de New York, mais ils n'avaient pas le choix.

Enfin, tout ce tracas était maintenant derrière eux.

Tess regarda Stefano. Tenant le volant de son cabriolet d'une main, un coude sur la portière, il n'avait jamais été aussi sexy. La lumière dorée du soleil adoucissait ses traits. Ses yeux semblaient moins noirs et sa peau plus veloutée.

Comment allait-il réagir s'il perdait Mercurio… après Zacco ? Elle préférait ne pas y penser.

— Regarde, dit-il. Le château de Gioreale. Là-haut.

Au sommet de la colline se dressait une vieille bâtisse fortifiée, entourée de vignes.

— Oh ! s'exclama-t-elle. C'est incroyable !

Il avait fait d'elle une princesse et l'amenait dans son château, comme dans un conte de fées. C'était un rêve qu'elle n'aurait jamais osé embrasser.

Quel homme, quel amant, quel père formidable elle avait rencontré !

Et quel gâchis !

Gênée par la poussière soulevée par la décapotable, elle plaqua la main sur sa bouche. Heureusement, ils arrivaient. Stefano descendit de voiture, alla ouvrir le garage et rangea le cabriolet à l'intérieur de ce qui était autrefois une écurie.

— Ça ne m'étonne pas que ce ne soit pas fermé.

Il coupa le contact et regarda autour de lui. À part

quelques vieux breaks, le local était aux trois-quarts vide.

— Du temps de mon père, c'était rempli de Ferrari.

Tess détacha sa fille de son siège et attendit que Stefano sorte les valises du coffre.

Le château était austère mais superbe. Les jardins, parfaitement entretenus, s'arrêtaient à la lisière des vignobles. Plus loin, au pied des collines, on apercevait la mer d'où s'élevait une brume bleutée. Des bougainvillées en fleurs grimpaient sur la façade en pierres de taille. C'était beau à pleurer.

— Qu'en dis-tu ? lui demanda Stefano.

— J'adore. Je n'arrive pas à croire que c'est réel.

— C'est pourtant bien vrai, ça existe. Le château date du XVe siècle, quand mes ancêtres, qui étaient au service du roi d'Aragon, se sont implantés en Sicile.

Tess se prit à rêver de chevaliers en armure se battant pour leurs damoiselles qui les attendaient sous une tonnelle de roses.

— C'est très romantique.

— Si on veut.

Il lui sourit.

— Cela fait longtemps que je ne suis pas revenu ici.

— Ils vont être tout contents de te revoir !

— Ils détestaient tous mon père. Je doute qu'ils se réjouissent de mon arrivée.

La porte à l'arrière du château était ouverte. À l'intérieur, tout était sombre et silencieux.

Tout était d'époque. Les murs en pierre, les meubles en chêne massif, l'armure dans le couloir… Les plafonds, très hauts, étaient à caissons, et les ouvertures rares.

Stefano qui l'observait en riant la vit frissonner.

— Ne t'inquiète pas. Il y a une aile moderne un peu plus habitable. Suis-moi.

Quelle ironie ! se dit-elle. Toute sa vie, depuis

l'époque où sa mère lui lisait des contes de fées, elle avait rêvé de châteaux. Plus tard, devenue lycéenne, elle collait des photos de châteaux sur la couverture de ses cahiers. Et aujourd'hui, elle était là, impressionnée par un décor qu'elle n'avait même jamais imaginé.

Elle regarda Stefano qui la précédait dans un long couloir avec leurs valises.

— C'est ici, dit-il poussant une lourde porte en chêne.

— Oh !

C'était un superbe salon, immense, avec une cheminée aussi haute que Stefano, un plafond à caissons et des meubles contemporains. Le contraste entre l'ancien et le moderne était saisissant. L'ensemble baignait dans une lumière dorée qui filtrait par les vitraux donnant sur une cour intérieure.

— Voilà l'aile moderne, dit-il. Elle n'a que trois cents ans.

— Seulement !

Stefano posa les valises et regarda le feu qui crépitait dans la cheminée.

— C'est étrange, nous n'avons pas vu de domestiques. Ils doivent être dans la cuisine.

Esme dans les bras, Tess suivit Stefano dans un autre long couloir.

— C'est ici, annonça-t-il en poussant la porte.

Une armée de domestiques, hommes et femmes, s'affairait dans une cuisine qui semblait disposer des appareils les plus modernes.

Reconnaissant Stefano, une vieille femme toute ridée lâcha le plat qu'elle tenait et se jeta dans ses bras en pleurant. Lui tapotant le dos, Stefano l'embrassa et lui dit quelques mots en italien.

— Tess, je te présente Gerlanda. Gerlanda était ma nounou. Maintenant, c'est la gouvernante de la maison, n'est-ce pas, Gerlanda ?

Il baissa les yeux vers la vieille dame qui séchait ses larmes dans son tablier.

— Gerlanda, je te présente ma femme, Tess, et notre fille, Esme. Tess est américaine.

La vieille dame poussa un cri de joie. Revenant vers les autres domestiques, elle leur dit quelques mots en patois qui durent les enchanter, car ils manifestèrent leur joie à leur tour.

— Merci, merci, dit la vieille nounou à Tess.

Gerlanda lui prit la main et la serra très fort.

— Merci de me l'avoir ramené.

Des larmes coulaient sur ses joues ridées.

— Bienvenue, ma princesse.

Émerveillée par tant de gentillesse, Tess se retourna pour regarder son mari.

Ils détestaient tous son père, avait-il dit, et ne seraient sans doute pas heureux de le voir.

À en juger par le bonheur qui se lisait sur les visages, il se trompait complètement.

— Que faites-vous tous ici ? dit Stefano, en désignant les plateaux de victuailles sur le comptoir de marbre. Vous fêtez quelque chose ?

— C'est la fête de la moisson, expliqua l'un d'eux, jetant un coup d'œil en direction de Tess. Elle est importante cette année parce qu'on fête en même temps le succès du vignoble.

— Ça marche bien, alors ?

— Notre Moscato a obtenu la médaille d'or au concours agricole.

— La bouteille va coûter cher, j'imagine.

— Très.

— Et les touristes vont venir. Des hôtels vont ouvrir, des restaurants aussi, se réjouit un autre.

— La fête de la moisson, c'est cet après-midi,

précisa une jeune femme. Il faut que vous veniez avec votre bébé.

— Bien sûr ! la rassura Tess.

Ils applaudirent tous. Marmonnant quelque chose en italien, Gerlanda se débarrassa de son tablier.

— Vous venez de loin, vous devez avoir faim. Vos sacs sont rentrés ? Salvatore ? dit-elle en claquant dans ses doigts.

Un homme quitta aussitôt la cuisine, tandis que Gerlanda se tournait vers le bébé pour le câliner.

— Je vais vous faire à manger. Un petit quelque chose pour vous remettre.

— Nous n'avons pas très faim, dit Tess.

— Il faut manger, répondit la gouvernante. Tu es trop maigre. Tu dois garder des forces ! Pour Stefano ! Pour Gioreale ! Et pour cette petite fille.

Elle caressa les bouclettes d'Esme.

— Merci, Gerlanda, dit Stefano. Mais je voudrais d'abord faire visiter le domaine à ma femme. Et, peut-être, les chais.

— Ah oui !

Le visage de la vieille femme rayonna.

— Il faut aller voir ce que tu as fait pour nous.

— Qu'a fait Stefano ? demanda Tess, curieuse de savoir.

— Après la mort de son père, Stefano a continué à envoyer de l'argent pour le village, même quand il n'en gagnait pas beaucoup.

Ses yeux brillaient de larmes.

— Maintenant que tu es ici, nous allons te montrer que tu as eu raison de nous faire confiance.

Stefano la regarda, sourire aux lèvres.

— Je te remercie, Gerlanda !

— Elle te tutoie ? s'étonna Tess comme la domestique regagnait les fourneaux.

— Oui, bien sûr ! J'ai eu Gerlanda comme nounou pendant deux ans. J'avais huit ans, à l'époque. Je crois que pour elle je n'ai pas grandi.

— Si elle t'aimait tellement, pourquoi est-elle partie ?

Le sourire de Stefano s'estompa.

— Elle n'est pas partie, c'est ma mère qui l'a mise à la porte. Elle a fait cela chaque fois qu'un domestique commençait à m'aimer trop à son goût. Elle ne voulait pas que je m'attache.

Incrédule, Tess le fixa.

— Comment ? Tes parents t'ont abandonné et interdit de t'attacher au personnel qui s'occupait de toi ?

— Pas seulement le personnel. Dès que j'aimais quelqu'un, elle s'arrangeait pour que je ne le revoie plus. Elle a fait la même chose avec les amis que je m'étais faits dans le village. Il ne m'est plus resté que le chien du jardinier. Crois-moi si tu veux, c'était encore trop. Mes parents trouvaient que c'était *ordinaire*, alors ils ont prié le jardinier de se débarrasser de son chien. Comme il a refusé, ils l'ont mis dehors.

— Oh ! s'exclama Tess, scandalisée.

Comment pouvait-on être assez cruel pour priver délibérément son enfant de l'amour qu'il recherchait ?

— Mais c'est du passé. Je n'y pense plus depuis des années.

Il prit la main de Tess.

— Viens.

Était-il vraiment sûr que ce soit *du passé* ?

Alors qu'il lui faisait faire le tour du propriétaire, Tess pensait à autre chose. Elle en était certaine maintenant : elle l'aimait. Mais il ne l'avait pas prise en traître. Dès le début il lui avait dit que les sentiments et lui ne faisaient pas bon ménage. En aimant Stefano, commettait-elle la même erreur que sa mère qui s'était donnée à un homme inaccessible ?

— Qu'en penses-tu ? Tu crois que tu supporteras ?

Elle sursauta.

— Quoi donc ?

Souriant, Stefano lui prit le Esme.

— Le château. Ce n'est pas trop… rustique pour toi ?

Elle fit le tour de la chambre des yeux. Salvatore avait déjà monté les valises.

— Je pense que ça doit être possible, dit-elle en riant.

Compte tenu du contexte, s'en sentait-elle vraiment capable ?

Quand ils redescendirent, ils trouvèrent Gerlanda qui attendait avec un panier de pique-nique.

— Une maman du village a pensé que tu pourrais trouver ça utile. C'est un porte-bébé !

Pendant les heures qui suivirent, ils se promenèrent à travers champs et vignobles, sous le ciel bleu et la lumière dorée. Stefano tenait la main de Tess et portait Esme sur son dos. Il dut percevoir quelque chose — peut-être la main de Tess qui tremblait —, car il s'arrêta brusquement. Elle avait les larmes aux yeux

— Qu'est-ce qui ne va pas ?

— Rien, dit-elle se forçant à sourire. Je suis heureuse, c'est tout.

— Tellement heureuse que tu pleures ?

— Nous formons une famille, murmura-t-elle.

Leurs regards se soudèrent. Il avait l'air sonné. Mais, très vite, son visage redevint impénétrable, et il lâcha sa main.

— Voici les chais.

Dans un bâtiment de pierre grise, le personnel faisait goûter la cuvée de l'année précédente aux touristes. Certains s'en allaient, les bras chargés de cartons de vin. Reconnaissant Stefano, l'un des vieux employés se précipita.

— Je vous emmène voir le maître de chai.

L'œnologue s'affairait au milieu d'immenses cuves. Ils restèrent une bonne heure à l'écouter parler avec enthousiasme de son Moscato. La cave du château était maintenant reconnue pour sa qualité, et les prix avaient flambé.

— Parce que la qualité le justifie, ajouta-t-il avec fierté.

Remarquant des touristes qui les prenaient en photo, Tess lui glissa.

— Allons-y…

Stefano la suivit, et ils s'éclipsèrent.

— Le vignoble se porte bien, j'en suis heureux pour eux.

— Pour eux ? Pourquoi ? Ça ne t'appartient pas ?

— Non. C'est une coopérative, maintenant. Tout le village en profite. J'ai cru en eux, alors j'ai investi. J'ai grandi ici, tu comprends. Tout le monde aurait fait comme moi.

Pas son père, pensa Tess, mais elle garda sa réflexion pour elle, persuadée qu'elle aurait déplu à Stefano. Elle-même ne supportait pas qu'on critique sa famille, elle seule en avait le droit.

— As-tu faim ? dit soudain Stefano. Si nous n'avalons pas son pique-nique, Gerlanda va être vexée.

Ils grimpèrent en haut de la colline. Stefano déplia un plaid sur lequel il posa Esme. Pour six mois, elle était très dégourdie. Elle tapait dans ses mains et essayait d'attraper ses pieds en gazouillant. Elle était heureuse.

Elle le restera toute sa vie, se promit Stefano.

Sous le soleil d'octobre qui chauffait encore, ils s'installèrent pour le pique-nique. Gerlanda avait pensé à tout : fruits, saucisson, fromage et pain encore chaud. Ils ouvrirent la bouteille du fameux Moscato que le vigneron leur avait préparée. En bas, dans la cour du château qu'ils apercevaient de leur observatoire, les domestiques s'affairaient, dressant les tables pour la fête de la moisson avec des lumignons, des bouquets et toutes sortes de décorations aux couleurs vives.

Vers la fin de l'après-midi, les villageois commencèrent à arriver. À pied, à cheval ou en voiture, avec des paniers pleins de victuailles et de vin.

— Tu es sûre de vouloir y aller ? demanda Stefano à Tess qui commençait à plier bagage. C'est notre lune de miel, non ?

— Ah oui ! Ça a l'air amusant. Et puis les villageois t'apprécient, cela se voit.

La fête de la moisson battait son plein. Tandis que les villageois se pressaient pour remercier Stefano de sa générosité, Tess, silencieuse à côté de lui, se demandait pourquoi il ne l'aimait pas.

Ce qu'il avait vécu avait dû l'endurcir et engourdir son cœur. Pour lui, aimer était synonyme de souffrir. Comment pouvait-elle lui démontrer qu'il se trompait et que l'amour pouvait durer toute une vie ?

Ah ! Si seulement elle avait eu une baguette magique !

Quand la fête prit fin et que tout le monde se mit à débarrasser, Tess se leva pour aider.

— Pas toi, dit Gerlanda. Je te l'interdis. Tu rends notre prince heureux, c'est bien assez.

— Il n'y a qu'à voir comment il vous regarde pour savoir que vous le comblez, confirma une autre femme.

Tess suivit du regard de Stefano qui traversait l'esplanade, pour venir la rejoindre. Il la buvait des yeux.

— Il est tard, dit-il d'une voix légèrement rauque. Si nous montions nous coucher ?

Sans attendre de réponse, il lui prit la main.

En haut de l'escalier, ils empruntèrent un couloir

sombre, s'arrêtèrent une seconde pour s'assurer qu'Esme dormait bien et entrèrent dans leur chambre.

La pleine lune inondait la pièce d'une lumière argent. Dehors, la campagne, les vignes, les bosquets d'ifs, étaient éclairés comme en plein jour. C'était féerique. En contemplation devant ce paysage de rêve, elle sentit deux mains se poser sur ses épaules.

— Es-tu heureuse, *cara* ?

Elle se retourna vivement.

— Très heureuse.

Devant le lit à baldaquin, qui appelait les étreintes, elle frissonna. Une fois nue dans ses bras, quand elle se serait resserrée autour de lui et qu'elle le sentirait en elle, saurait-elle retenir les mots qu'il ne voulait pas entendre ? Et s'ils lui échappaient, malgré elle ?

Il ne fallait pas qu'il sache. Il ne saurait pas.

À moins qu'elle puisse le guérir…

Stefano baissa la tête et happa sa bouche, coupant court à ses pensées. Incapable de bouder son plaisir, elle répondit à son baiser avec passion. Mais brusquement, elle recula et se libéra. Faisant alors semblant de s'intéresser aux livres rangés dans les bibliothèques, elle dit la première chose qui lui passa par la tête. Une horrible banalité !

— Que de livres ! Ils ont l'air ancien.

— En effet. Je te montrerai la bibliothèque, en bas, un de ces jours, répondit-il d'une voix grave. Elle contient des milliers de volumes, certains ont beaucoup de valeur, car ils remontent à l'époque de Turold.

— Turold ? L'auteur supposé de la Chanson de Roland ?

Il lui fit un sourire qui retroussa ses lèvres.

— J'adore ton ingénuité, dit-il. Les plus petites choses t'émerveillent.

— Les plus petites ? Des livres qui remontent au XIe, XIIe siècle…

Stefano haussa les épaules. Son esprit était ailleurs, à mille lieues de la chanson de geste. D'une main leste, il enleva l'élastique qui retenait la queue-de-cheval de Tess et libéra ses cheveux.

— Moi, ce qui m'émerveille, c'est de t'avoir dans mon lit.

Joignant le geste à la parole, il la prit dans ses bras et alla la déposer sur le lit. Tandis qu'il se penchait pour l'embrasser, elle sentit le vent marin qui entrait par la fenêtre la caresser. Il fleurait bon le sel mais surtout le jasmin et les fleurs exotiques arrachées aux rivages lointains.

La barbe d'un jour de Stefano lui picota les joues. Elle rit. Il l'embrassa encore, et encore, longuement, lentement, tendrement. Puis il lui ôta ses vêtements et se déshabilla. Les mains de Stefano couraient sur son corps, et elle l'entendit lui murmurer des folies…

Elle écouta battre son cœur au rythme échevelé du « Je t'aime » qu'elle avait dans la tête et qu'elle ne pouvait pas dire.

La dernière fois qu'elle avait prononcé ces mots, la seule fois, Stefano s'était sauvé, bien décidé à ne jamais revenir. Il avait fallu le hasard pour qu'ils se retrouvent.

Quand, cette fameuse nuit, elle lui avait dit le plus innocemment du monde qu'elle était déjà amoureuse de lui, elle était sincère. Elle croyait savoir ce qu'était l'amour. Elle y avait souvent repensé depuis et avait pris conscience qu'en fait elle ne savait pas ce que signifiait « aimer ». En réalité, elle était amoureuse de l'idée de l'amour, éblouie qu'elle était par la nuit torride qu'elle passait avec le plus bel inconnu de la terre.

L'amour véritable, ce n'était pas ça.

Ce n'était ni des fleurs, ni des bijoux, ni des mots poétiques. Ce n'était pas un mariage digne d'un conte de fées. Ce n'était pas non plus des étreintes torrides.

Le véritable amour était plus simple.

Il grandissait sans qu'on y prête vraiment attention, pensa-t-elle. Sans fracas. Il se nourrissait de moments de complicité, de rires et de tendresse. De petites gentillesses, d'attentions. Exactement ce que Stefano faisait pour elle et Esme, et ce qu'il avait fait pour son village natal. Malgré sa discrétion, elle avait découvert que Stefano n'était pas qu'un prince.

C'était un homme bon.

Elle le connaissait maintenant, peut-être mieux qu'il ne se connaissait lui-même. Et elle l'aimait.

Oserait-elle le lui dire ? Était-ce imprudent ou courageux ? Sa franchise détruirait-elle un bonheur si fragile ? Ou serait-ce le début d'une vie harmonieuse qu'aucun d'eux n'osait entrevoir ?

Alors que Stefano la tenait dans ses bras, que son corps, lourd, pesait sur le sien et que la douce brise de mer effleurait sa peau tiède, elle sentit un tourment la gagner. Mais il la pénétra avec une telle fougue qu'elle laissa échapper un cri. Il continua, allant et venant en elle de plus en plus vite, de plus en plus fort. Cambrée pour mieux s'offrir à ses assauts, elle s'accorda avec délice à son rythme jusqu'à ce que, incapable de retenir plus longtemps les mots qu'il refusait d'entendre, elle plante les ongles dans ses épaules et, les yeux dans les siens, lui dise :

— Je t'aime. Je t'aime, Stefano.

Le lendemain matin au réveil, Stefano découvrit qu'il avait tenu Tess, nue, dans ses bras, toute la nuit. Interdit, il se rappela leurs ébats.

« Je t'aime, Stefano. »

Elle le lui avait dit. Il entendait encore sa voix qui tremblait, voyait nettement l'émotion qui voilait ses yeux verts. Il l'avait prise sans ménagement et avait vibré de plaisir quand il avait senti sa chair lisse, chaude et mouillée se refermer autour de lui. À cet instant, transportée elle aussi, elle avait prononcé des mots qui l'avaient comblé au-delà de ce qu'il pouvait imaginer. Bouleversé, submergé de bonheur, il était resté en elle, et l'avait embrassée quand il l'avait entendue pleurer tout doucement.

— J'avais si peur de te l'avouer, avait-elle murmuré, pressant la joue contre sa poitrine nue.

— N'aie pas peur, avait-il dit, ému.

Et il s'était surpris à lui chuchoter des poèmes d'amour, en italien, alors qu'il pensait les avoir oubliés.

Depuis leur arrivée en Sicile, la prison de son enfance était devenue le paradis.

Mais ce matin au réveil, tout avait changé.

« Je t'aime, Stefano. »

Se sentant étouffer, il plaqua la main sur sa poitrine. Il fallait qu'il s'en aille. Qu'il sorte de ce piège.

Sautant du lit, il prit de quoi s'habiller dans le placard. Des caleçons, des pantalons noirs… Et la valise que Salvatore avait vidée de son contenu la veille au soir.

— Que fais-tu ?

Il vit que Tess l'observait. Encore à moitié endormie, elle avait le minois adorable d'un chaton. Cette image le mit très mal à l'aise.

— Je m'habille.

Elle bâilla, s'étira.

— Esme est réveillée ?

— Non, pas encore.

Au souvenir des mots d'amour qu'il lui avait glissés à l'oreille la veille au soir, il se sentit encore plus mal.

Mais non, ça ne voulait rien dire ! se dit-il. Un homme était responsable mais pas coupable de ce qu'il disait à une femme à qui il faisait l'amour.

En fait, il savait ce qui était en train de se passer. Il savait pourquoi il avait si bien dormi dans ses bras, la nuit dernière. Mais il ne le voulait pas parce qu'il savait trop bien ce qui se produirait s'il s'abandonnait à la douceur des sentiments. Un jour, tout se déroberait…

Sois maître de toi. Tu ne ressens rien. Rien.

— Stefano ?

— Il faut que je parte.

— Quoi ?

Elle s'assit dans le lit.

— Pour aller où ?

— À Paris. Chercher un nouveau designer pour Mercurio. Ensuite à Londres, pour tenter de convaincre Fenella Montfort de me céder ses actions.

En parlant, il savait qu'il n'avait aucun moyen d'acquérir Zacco. Sauf à vendre tout ce qu'il possédait, et encore… Fenella avait été très claire, elle n'était pas vendeuse.

Pris de court, il avait inventé n'importe quel prétexte, ne pouvant avouer à Tess la vraie raison de sa fuite. D'autant qu'il ne la comprenait pas vraiment lui-même.

— Oh !

Tess baissa les yeux et se força à sourire.

— C'est idiot de ma part. J'aurais dû me douter qu'on ne pouvait pas rester ici éternellement. Tu es à la tête d'un empire d'un milliard de dollars, il faut que tu t'en occupes. Quand partons-nous ?

— Je m'en vais tout de suite. Mais Esme et toi, vous restez ici.

— Quoi ?

Elle remonta le drap sur sa poitrine et le froissa entre ses doigts.

— Non !

— Tu feras ce que je te dis.

Ne supportant pas de voir son désarroi, il se retourna et ajouta machinalement quelques vêtements dans sa valise.

— C'est parce que je t'ai dit que je t'aime, c'est ça ?

La voix de Tess tremblait.

— Je savais que ça arriverait ! Je le savais !

Stefano se tourna vers la fenêtre. Dehors, au loin, le regard portait jusqu'à la Méditerranée. À l'horizon, le ciel était rosé et la mer bleutée.

Sans un mot, il passa une chemise blanche et la glissa dans son pantalon puis, assis sur une chaise, laça ses chaussures.

— S'il te plaît, Stefano, dit-elle très bas. Parle-moi.

L'estomac noué, il se décida à la regarder. Elle se tordait les doigts et battait des paupières, incrédule.

Le jour se leva, et la lumière du soleil inonda la chambre. Il chercha son regard, le soutint. Il se sentait étrangement vulnérable, soudain. Cette nuit, il lui avait récité des poèmes d'amour. Quelle folie ! Il n'avait jamais dévoilé son âme à quiconque.

À cette pensée, tout, autour de lui, se mit à tourner, et une sensation de malaise lui donna presque la nausée.

— Je dois partir. Je reviens dans quelques jours. À mon retour…

Il détourna les yeux.

— … on parlera.

— Non, Stefano, ne pars pas. S'il te plaît.

Sa supplique, son ton surtout, le bouleversa. Une douleur insoutenable lui vrilla la poitrine. Mais il ne fallait pas qu'il se laisse attendrir. Comme d'habitude, il allait faire taire ses sentiments. La sensiblerie et lui n'avaient jamais fait bon ménage. Agacé, contre elle, contre lui-même, il ferma sa valise, embrassa Tess sur le front et disparut sans un regard en arrière.

9.

Tess vécut les quatre jours les plus longs de sa vie. Enfermée dans ce château de Sicile, loin de tout, elle se sentait prisonnière. Mal à l'aise, elle ne savait que répondre aux villageois et aux domestiques qui l'interrogeaient sur le départ de Stefano, aussi étrange que précipité.

Que s'était-il passé pour qu'il la laisse ici avec leur fille ? Que pouvait-elle espérer maintenant ?

« Je reviens dans quelques jours… À mon retour, on parlera », lui avait-il dit juste avant de boucler sa valise.

Il l'aimait peut-être, malgré tout, s'obstinait-elle à croire. Elle avait remarqué son regard quand elle lui avait dit : « Je t'aime. » Elle avait perçu l'ardeur de ses baisers, entendu les jolis mots susurrés à son oreille. Elle ne l'avait pas rêvé, tout ça. De toute façon, elle l'aimait et, si elle l'aimait, il devait l'aimer en retour. Il ne pouvait pas en être autrement. Il n'avait qu'à laisser parler son cœur.

Le premier jour, elle s'était dit qu'elle pourrait vivre sans qu'il l'aime. Mais, au quatrième jour, elle avait totalement changé d'avis.

Une pensée en amenant une autre, elle songea à sa mère qui avait attendu huit ans que l'homme marié qu'elle aimait quitte sa femme. Puis, à elle qui avait attendu plus d'un an que Stefano réapparaisse, persuadée qu'il était coincé sur une île déserte et amnésique.

Il s'agissait de sa vie. De celle de son bébé.

Plus d'arrangement possible.

Plus d'excuses.

Esme méritait mieux.

Et elle aussi.

Si Stefano ne l'aimait pas et qu'elle restait quand même, son amour finirait par se transformer en haine. À quoi ressemblerait leur vie à deux ? À une prison. À un cauchemar. Et quel modèle pour Esme !

Stefano avait été détruit par l'égoïsme forcené de ses parents. Elle-même, par inconséquence, avait suivi la même voie que sa mère en tombant amoureuse d'un homme prisonnier de son enfance. Malgré la gentillesse qu'il lui avait manifestée à plusieurs reprises, il était devenu froid et inaccessible.

Tess avait appris à donner. Beaucoup. Trop. Stefano avait appris à être égoïste. Il passait en premier. Elle et Esme n'étaient pour lui qu'un accessoire et devaient rester à leur place.

« Quant à ma femme, bien qu'elle ait un vrai talent, sa priorité est l'éducation de notre fille. »

Elle avait été blessée, mais n'avait pas récriminé, estimant que cela avait peu d'importance au regard de ce qu'elle désirait le plus, être aimée.

Elle ferma les yeux. Comme elle aurait aimé être à New York, avec sa famille et ses amis ! Y travailler, même pour un salaire de misère. Elle ne gagnerait pas des mille et des cents mais regagnerait son indépendance et son estime d'elle.

Elle lui avait dit qu'elle l'aimait, et, pour la remercier, il l'avait quittée. Au petit matin. Autant dire qu'il l'avait abandonnée. Encore une fois.

Ce n'était plus supportable.

Accoudée à la rambarde du balcon, elle relut pour la énième fois le texto que Stefano lui avait adressé une heure plus tôt.

Je rentre. Je pense savoir comment te rendre heureuse. On en parle ce soir.

Que signifiait ce message ? Elle frissonna. Il allait peut-être finir par lui dire qu'il l'aimait.

Entendant Esme babiller, elle jeta un coup d'œil par la porte restée ouverte. Esme, en pyjama après son bain, jouait avec des cubes en tissu sur le tapis de sa chambre.

Tess regarda de nouveau la route qui serpentait entre les collines violettes et pourpres. Logiquement, Stefano n'allait plus tarder. Elle croisa les bras sur sa poitrine pour se protéger du vent d'octobre et pour calmer son impatience.

Soudain, elle aperçut des phares. Une voiture roulait à folle allure vers le château. De peur qu'il la surprenne en train de l'attendre, elle rentra dans sa chambre et, les mains tremblantes, referma les portes du balcon. Malgré elle, elle se regarda dans la psyché. Incapable de s'en empêcher, elle s'était faite belle. Ses boucles rousses tombaient sur ses épaules. Elle portait une robe de soie de sa création, toute simple, noire avec des roses roses. Ses joues étaient rouges, preuve d'une violente émotion.

— Be-leu ! dit fièrement Esme tendant ses bras potelés.

La petite fille savait s'asseoir maintenant, mais Tess disposait des coussins tout autour d'elle au cas où elle s'amuserait à jouer les culbutos !

— Tu as attrapé un cube. Bravo !

Tess la prit dans ses bras, la serra contre elle et huma avec amour son odeur de miel. Pourquoi avait-elle épousé Stefano ? Pour qu'ils forment une famille. Pour être heureux.

Pour s'aimer.

S'il vous plaît, faites qu'il m'aime ! supplia Tess, les yeux fermés. *S'il vous plaît, faites que mes espoirs soient comblés !*

Elle entendit des bruits en bas, puis la voix de basse de Stefano qui appelait le personnel en italien. Et les employés qui répondaient. À peine était-il rentré que le château reprenait vie.

Elle aussi…

Enfin, elle entendit son pas dans le couloir et, tremblante, se tourna vers la porte.

La silhouette impressionnante de Stefano se tenait dans l'encadrement. Il était en complet-veston, ce qui lui allait comme un gant. Son visage était grave, son regard intense et inquiétant.

— Bonjour, Tess.

— Bonjour, répondit-elle, le cœur battant.

Il s'approcha, l'embrassa sur la joue. Il sentait bon le vétiver et dégageait une chaleur douce et rassurante.

Entendant Esme gazouiller, il la prit dans ses bras.

— Comment va-t-elle ?

— Tu lui as manqué… À moi aussi.

Le visage de Stefano se métamorphosa sur-le-champ.

— Elle devrait être au lit à cette heure-ci, gronda-t-il.

— Je ne l'ai pas couchée pensant que tu viendrais peut-être.

— Merci.

Sa voix était courtoise, mais froide et impersonnelle.

Tess se mordilla la lèvre. Elle se sentait mal à l'aise, comme si elle parlait à un étranger.

— Stefano, tu sais que…

— Je vais la mettre au lit.

Tenant le bébé qui bâillait, il pivota mais s'arrêta à la porte.

— Gerlanda a mis le couvert dans la grande salle à manger. Je te rejoins dans un instant.

Et il sortit, laissant Tess abasourdie. Pendant quatre jours, elle avait aspiré au retour de son mari. Maintenant qu'il était là, elle craignait d'avoir nourri de faux espoirs.

« Je pense savoir comment te rendre heureuse », avait-il écrit. Que voulait-il dire ? N'importe qui, comme elle, aurait compris qu'il l'aimait, non ?

Les épaules bien droites, elle descendit.

La grande salle à manger était fleurie de grands bouquets de roses qui lui rappelaient leur mariage. Un feu crépitait dans la cheminée, et les flammes projetaient des ombres fantasmagoriques sur les poutres apparentes et le plafond à caissons.

Une petite table pour deux avait été dressée près de la cheminée. Le dîner était déjà servi, assiettes de fine porcelaine, serviettes en lin et couverts en argent. Une bouteille de champagne, dans un seau à glace, attendait que Stefano en fasse sauter le bouchon.

Tess poussa un soupir de soulagement. Tout allait bien. Stefano l'aimait. C'est ce qu'il venait lui dire. Quel autre motif avait-il pour déboucher du champagne ?

La tristesse de ces quatre derniers jours, ses doutes et sa peur s'envolèrent d'un coup. Elle avait la certitude, maintenant, qu'il l'aimait.

— Tu es superbe…

Sa voix la fit frissonner.

— Tu n'es pas mal toi non plus.

Le bois qui claquait dans la cheminée lançait des éclairs de lumière sur son visage aux traits virils. Il avança vers Tess et lui tendit un écrin de velours noir.

— J'ai quelque chose pour toi.

— Ce n'était pas nécessaire.

— Si. Tu le mérites bien.

Il ouvrit l'écrin et présenta à ses yeux ébahis un somptueux collier de diamants. Stupéfaite, elle ne put dire un mot.

— Voyons comment il te va, dit-il.

Tess souleva les cheveux pour permettre à Stefano de le fermer sur sa nuque. Au contact de ses doigts sur sa peau, elle ne put retenir un frisson.

— Tourne-toi…

Il recula et, la tête penchée sur le côté, l'admira.

— Tu es superbe, répéta-t-il.

Machinalement, elle leva la main pour caresser les pierres. Les diamants étaient durs et froids sur sa peau.

— Si nous dînions ? proposa-t-il.

Il la guida vers la table dressée devant la fenêtre, puis lui présenta sa chaise et s'assit à son tour. Ils commencèrent à dîner, en silence. Pourquoi ne parlait-il pas ? Pourquoi ne lui disait-il pas ce qu'elle espérait ?

Agacée, elle prit les devants.

— Tu m'as manqué.

— Toi aussi.

Il marqua un temps d'arrêt et reprit.

— J'ai eu tort de partir. Je te demande pardon.

— Ce n'est pas grave. Tu es là maintenant.

— Oui. Et maintenant…

Il empoigna la bouteille de champagne,

— Fêtons ça.

— Quoi ? dit-elle, le cœur battant. Fêtons quoi ?

Il fit sauter le bouchon et emplit deux flûtes du précieux liquide qui pétillait joliment.

— J'étais idiot. J'aurais dû m'en rendre compte depuis longtemps.

— De quoi ? le pressa-t-elle.

Il allait lui dire. Il allait lui dire qu'il l'aimait. Et tout irait bien. Ils seraient heureux jusqu'à la fin des temps.

Mais pourquoi faisait-il durer le suspense ?

Elle le regarda. Il la fixait d'un air grave. Ses yeux noirs, plus foncés encore que de l'obsidienne, brillaient d'un feu qui, s'il n'arrêtait pas de la dévisager, allait la consumer.

— Je veux que tu saches, dit-il enfin, penché vers elle, que je viens de souffler Aiko Sakurai à Zacco, et que je l'ai nommée directrice de création de Mercurio.

C'était tellement inattendu qu'elle en resta bouche bée. C'était tout ?

— Ah…

Toujours penché vers elle, il prit sa main.

— Et ce n'est pas tout.

Elle reprit espoir.

— Je souhaite t'engager, lui annonça-t-il. Comme designer associée, chez Mercurio.

À la fois sidérée et étrangement déçue, elle resta d'abord sans voix.

— Comment cela ?

— Ton seul interlocuteur sera Mme Sakurai, dont tu admires tant le travail. Il ne sera pas question pour toi d'aller chercher du café pour qui que ce soit. Tu seras là pour dessiner, pour créer. Pour faire ce métier dans lequel tu excelles.

Voyant qu'elle allait protester, il leva la main pour l'arrêter.

— Je sais, tu n'as pas d'expérience. C'est un challenge mais tu apprendras. Et dans quelques années tu prendras la direction de l'une de nos petites maisons. Peut-être même de Mercurio. Tu en es capable.

— Mais tu as dit toi-même que je n'avais pas ma place dans une maison de couture ! Que je devais rester auprès d'Esme…

— Mes sociétés ont toutes une crèche.

— Peut-être, mais je serai quand même séparée d'elle.

Décontenancée par ce qu'il lui annonçait, elle s'agita sur sa chaise.

— Et de toi, ajouta-t-elle.

Et tant pis si elle était ridicule !

— Ça ne sera pas un problème, du moins pendant quelques mois. J'ai décidé de vendre ma participation dans la holding.

— Pardon ? Tu veux vendre Gioreale ? Toutes tes marques de luxe ? Même Mercurio ?

Il fit oui de la tête.

— Je vais vendre mes parts au prix fort et proposer à Fenella Montfort un prix tellement exorbitant pour Zacco qu'elle ne refusera pas. À moins d'être folle !

— En ce cas, mon poste de designer associée chez Mercurio durera… ce que durent les roses ! s'exclama-t-elle.

Sa remarque ne le dérida pas.

— Je suis prêt à parier que le prochain P-DG ne voudra pas se séparer d'Aiko Sakurai. Elle a fait un malheur chez Zacco qu'elle a quitté, car elle ne s'entendait pas avec von Schreck. Si elle aime ton travail, elle voudra te garder dans son équipe.

Tess hocha la tête.

— Tu crois que c'est raisonnable ? Vendre la maison que tu as créée pour racheter une ancienne affaire familiale ?

Il la regarda puis regarda son verre. Il s'attendait qu'elle trinque avec lui pour fêter ces nouvelles. Au lieu de cela, elle affichait une mine navrée. Alors il reposa son champagne.

— Je vais être en voyage pendant un certain temps

pour régler tout cela. En attendant, Esme et toi pouvez aller vivre dans notre appartement à Paris…

— Sans toi ?

— Écoute, Tess. Je ne comprends pas. Je te propose ce que tu aimes le plus, me semble-t-il, et tu as l'air déçue. Je suis désolé, Je croyais te faire plaisir.

Elle leva les yeux vers lui, désemparée. Cette fois-ci, elle y avait vraiment cru, et voilà qu'il lui infligeait une nouvelle désillusion. C'était un bourreau des cœurs. Un bourreau tout court. Se rendait-il compte de ce qu'il lui faisait ?

Mais, bon sang, pourquoi refusait-elle de se rendre à l'évidence ?

Il ne l'aimait pas.

Il ne faisait même pas semblant.

Glacée, elle essaya de réfléchir. Elle pensait le connaître. À ses yeux, le prince Stefano Zacco était un homme d'honneur. La vérité était plus complexe. Depuis le début de leur improbable union, elle n'avait cessé de multiplier les concessions, de se sacrifier, alors que lui n'avait fait aucun effort.

— Je t'ai dit que je t'aimais, murmura-t-elle, retenant ses larmes.

Il serra les dents.

— Et je t'ai dit que je ne pouvais pas t'aimer en retour.

— Tu n'as même pas essayé, insista-t-elle.

Penché vers elle, il reprit sa main.

— Je ne peux pas. Prends ce que je te donne, Tess, et essaye d'être heureuse avec ça.

Elle le dévisagea un instant puis regarda autour d'elle. Un salon magnifique dans un fabuleux château sicilien, des diamants et des fleurs, de l'argenterie et du champagne, un feu qui crépitait dans la cheminée… Autant de chic, autant de beauté, pour rien ! C'était un conte de fées pour midinettes. Une photo pour la couverture en papier glacé d'un magazine people.

Autrefois, elle avait rêvé de faire partie de ce monde. Si elle restait, à condition d'accepter ses conditions, ses rêves de petite fille pourraient se réaliser.

Sauf un. Le seul qui comptât vraiment.

Avait-elle envie de cette vie très glamour, une vie que beaucoup lui envieraient, sachant que Stefano ne l'aimerait jamais ?

La réponse s'imposa aussitôt : non.

L'amour, c'était ça qu'elle voulait. Le véritable amour. Et si Stefano ne pouvait pas l'aimer, elle resterait fidèle à son rêve.

Reprenant sa main, elle le regarda, des larmes dans les yeux.

— Je ne peux pas.

Stefano parut étonné.

— Que veux-tu, alors ?

Elle le regarda et prit une grande inspiration avant de tenter, une dernière fois, de le convaincre.

— Ce que je veux ? dit-elle très bas. Que tu aies le courage d'admettre que tu m'aimes aussi.

Le silence régnait dans le grand salon. Troublé tout à coup par le crépitement du feu réveillé par les bûches qui venaient de se briser, Stefano secoua la tête. Le sang battait trop fort dans ses tempes. La migraine menaçait…

Stefano avait passé les quatre derniers jours à la fuir. Après Paris et Londres, il s'était rendu à Madrid avec pour objectif de contrôler le rendement des antennes régionales de Gioreale.

Non. C'était un mensonge. Il cherchait uniquement à échapper aux déclarations désespérées de Tess. Il ne pouvait pas la laisser l'aimer puisqu'il ne pouvait pas l'aimer en retour.

Et pourtant, bizarrement, il était incapable de la quitter.

Ce matin à l'aube, il avait trouvé la solution. Confier à Tess, qui n'avait jamais terminé ses études de design, un poste important chez Mercurio, présentait un risque. Tant pis, il était prêt à le prendre si cela pouvait la rendre heureuse. La combler.

Comme lui quand il aurait repris le contrôle de Zacco. Ce que son père avait perdu, il allait le reconquérir. Mais il voulait Tess à son côté, la douce, la souriante, l'adorable Tess. Pour la garder, il était prêt à faire presque n'importe quoi.

Si ce n'est que son nom, sa maison, son jet, sa fortune et même sa maison de couture ne lui suffisaient pas. Elle continuait d'exiger la seule chose qu'il ne pouvait pas, ne voulait pas lui donner.

« Ce que je veux ? Que tu aies le courage d'admettre que tu m'aimes aussi »…

La colère sourde qui bouillonnait en lui enfla, froide, effrayante.

— Qu'as-tu dit ? Que je ne suis pas assez courageux ? s'emporta-t-il. Tu me traites de lâche ?

Loin de battre en retraite, Tess redressa le menton.

— Oui.

Eberlué par son aplomb, il écarquilla les yeux. Elle n'était plus la fille naïve qu'il avait épousée, la gamine qui voyait la vie à travers ses lunettes roses et ne rêvait qu'en rose. Ses lèvres, toujours prêtes à s'entrouvrir pour sourire, étaient comme scellées. Elles formaient un trait fin qui, pour l'heure, tremblotait. Ses yeux verts, pleins d'optimisme et d'espoir quand il l'avait connue, ne pétillaient plus, comme si tous ses rêves lui avaient été arrachés.

Par sa faute ?

C'était l'ancienne Tess qu'il voulait. Il voulait

revivre avec elle ce qu'ils avaient connu. Qu'ils soient de nouveau complices, comme avant. Il voulait ébouriffer ses cheveux, la voir sourire, rayonner quand il se penchait pour l'embrasser.

— Tess, je ne peux pas te donner ce que tu veux. Peux-tu le comprendre ?

— Ne peux-tu pas… changer ?

Ironie de la vie, se dit-il. Pendant qu'elle espérait qu'il change, il voulait à tout prix qu'elle reste telle qu'elle était !

Préférant éluder le sujet, il changea de conversation.

— J'ai une obsession pour le moment, Zacco. Fenella Montfort refuse toutes les offres que mes avocats lui soumettent. Il va me falloir tout mon temps et toute mon énergie pour la convaincre ne serait-ce que de me recevoir. J'essaye de te rendre heureuse en mon absence. J'essaye de…

— Je sais tout ça.

Elle le transperça d'un regard coupant comme un laser.

— Tu ne m'achèteras pas, Stefano.

Il s'énerva.

— Mais enfin, Tess…

— C'est non.

Il la regarda, sentit qu'il lâchait prise, prit peur. Il était prêt à lui dire qu'il l'ai… Non. Il ne fallait pas.

— Que veux-tu alors ? Que je reste ici avec toi ? Que je laisse Zacco à Fenella Montfort ? Que j'abandonne à tout jamais le nom de ma famille ? Notre patrimoine ?

— Non, dit-elle doucement. Ce que je veux, c'est que tu te constitues un nouveau patrimoine. Zacco n'est pas la seule société à porter ton nom.

Ah ! Son patrimoine ! Elle assurait ses arrières !

Puisqu'elle l'attaquait, il devait se défendre.

— Je t'ai épousée, ça ne te suffit pas ? Je suis un

bon père. Je te donne tout ce que je peux. Je te propose même un poste de styliste que n'importe quel jeune créateur se battrait pour obtenir.

— Je sais, dit-elle. Et je t'en suis reconnaissante. Mais je ne veux pas être ton employée. Seulement ta femme.

Sur ces mots, elle fondit en larmes.

— Je voulais tellement que tu m'aimes, Stefano ! J'aurais tout donné — mon cœur, mon âme — pour que ce soit possible.

Elle retira le collier de diamants et le lui tendit.

— Je n'en veux pas.

— C'est un cadeau, dit-il, blessé. Je te l'ai offert.

— Reprends-le. Et puis…

Il la regarda pincer son annulaire pour retirer sa bague qu'elle ajouta au collier qu'elle avait poussé vers lui, sur la table.

— Prends tout ! Je n'en veux plus.

Désemparé, il voulut saisir sa main.

— Même pas la bague ? dit-il, sous le choc.

Ses yeux verts avaient viré au gris.

— Non. Puisque tu ne m'aimes pas.

— Je ne t'ai jamais promis de t'aimer. De te respecter, oui. Et de te faire l'amour.

— Je ne faisais pas la différence, à l'époque. Maintenant, si.

— C'est une menace ? Tu es prête à divorcer parce que je ne te donne pas tout ce que tu veux…

— Tout ?

— Tu n'es pas raisonnable avec tes histoires d'amour. Qu'est-ce que c'est que l'amour, sinon un mot ?

— Pas pour moi.

Elle sentait les larmes monter. Ah non ! Elle n'allait pas, en plus, pleurer devant lui !

— S'il te plaît, Stefano. Puisque tu ne m'aimes pas, laisse-moi au moins partir.

La laisser partir ? Son cœur, son esprit, son âme, tout son corps criait non. Et d'abord, elle lui appartenait ! Tess était *sa* femme. Esme *son* enfant. Leur place était avec lui. À sa disposition. À ses ordres.

Il grinça des dents.

— Non.

— Si tu ne me laisses pas partir, nous nous détruirons mutuellement.

Il la regarda.

— Tu ferais échouer notre mariage pour rien ? Parce que je ne prononcerai pas ces trois mots stupides ? Parce que je ne mentirai pas ?

— Parce que tu as peur.

— Peur ? ricana-t-il.

Elle hocha la tête.

— Oui, peur. Et je te comprends, tu sais. Après ce que tu as traversé, c'est assez normal. Mais…

Elle hocha la tête

— … se priver du bonheur d'aimer n'est pas la solution. Au contraire. Il faut saisir les joies qui se présentent et vivre la vie à fond. Aimer aussi fort et aussi longtemps que l'on peut…

Cette fois, elle ne put retenir ses larmes.

Exaspéré, Stefano serra les dents. Si elle continuait, il allait sortir de ses gonds. Bien sûr qu'il voulait l'aimer ! Le problème, c'est qu'il ne savait pas comment ! S'il avait pu prononcer ces trois mots et qu'elle soit heureuse, il l'aurait fait, bien sûr !

Mais il ne pouvait pas Les mots s'étranglaient dans sa gorge. Soudain, il revit la fille optimiste, romantique et rêveuse qu'elle avait été et regarda la femme brisée qui pleurait devant lui.

Quand il l'avait épousée, il pensait honnêtement que c'était pour son bien. Il n'en était plus sûr, désormais.

— Je t'ai donné tout ce que j'ai à donner.

— Je sais, chuchota-t-elle.

Stefano se leva. Frigorifié, assommé par ce qu'elle venait de lui dire, il titubait.

— Pars, dit-il. Prends Esme et va-t'en.

— Merci.

Elle se leva de table et se dirigea vers l'escalier monumental qu'elle monta sans se retourner. Adossé à la cheminée, gelé et sous le choc, Stefano la regarda monter les marches. Il n'en croyait pas ses oreilles. Elle allait revenir à la raison, se rendre compte qu'ils étaient faits l'un pour l'autre…

Mais quand elle redescendit, cinq minutes plus tard, elle était en manteau, Esme endormie dans les bras.

— Je me suis arrangée avec Salvatore. Il va me conduire à l'aéroport.

Stefano regarda sa femme et son enfant, et sentit sa poitrine se gonfler de douleur et d'angoisse. Il étouffait. Il ne voulait pas qu'elles partent.

— Au revoir, dit Tess, la voix étranglée.

— Attends.

Elle s'arrêta mais ne se retourna pas. Stefano se précipita derrière elle.

— Si tu m'aimes vraiment, dit-il, comment peux-tu partir ?

Elle se retourna, et le regard qu'elle lui lança faillit le foudroyer. Elle le voyait dorénavant tel qu'il était vraiment. Il était devenu à ses yeux un homme comme un autre.

— J'étais amoureuse d'une illusion, lui lança-t-elle avant de tourner les talons.

10.

— Ça ne vous gêne pas de m'avoir volé ma créatrice ?

Assise à son bureau laqué noir, au siège Zacco de Londres, Fenella Montfort assortit sa remarque d'un sourire félin.

— Je n'ai pas volé Aiko Sakurai, rétorqua Stefano. Elle a démissionné après que vous avez engagé von Schreck

— J'espérais qu'ils collaborent.

— Aiko Sakurai ne l'a pas compris ainsi. Tant mieux pour moi.

— J'ai toujours von Schreck.

— Alors, un conseil, vendez toutes vos actions. Parce qu'après sa première collection elles ne vaudront plus rien.

Fenella plissa le front tandis que Stefano savourait son triomphe.

Depuis le départ de Tess, un mois plus tôt, il avait travaillé jour et nuit, avec un objectif : obtenir le rendez-vous d'aujourd'hui. Et, pour une fois, il avait tous les atouts en main.

Il n'empêche, il les aurait volontiers échangés contre le retour de sa famille. Penser à Tess lui faisait mal.

Il se tourna pour regarder par la fenêtre la *skyline* des anciens docks sur la Tamise reconvertis en quartier d'affaires par un promoteur avisé. Tout était gris, pensa Stefano. Plat et gris.

— Toujours aussi arrogant ! répliqua Fenella.

Prenant une inspiration, il essaya de se concentrer.

— C'est pour m'insulter que vous avez accepté ce rendez-vous ? Ou parce que j'ai *prétendument* volé votre styliste ?

— Pas seulement ça, dit Fenella.

Elle cliqua sur une touche de son clavier et tourna l'écran vers lui.

— Oh…

La photo de Tess s'étalait sur l'écran. Il ne s'attendait pas à la voir. Depuis un mois, il s'était efforcé de ne pas penser à elle. De ne pas penser du tout. Comme elle l'avait quitté sans préavis, ils avaient communiqué via ses avocats new-yorkais qui avaient établi un calendrier des gardes pour Esme. Il avait fait en sorte qu'elle reçoive une confortable pension mensuelle, ce qui n'était pas prévu dans leur contrat de mariage.

Même son argent, semblait-il, ne lui suffisait pas.

Crispé, il fixa Fenella.

— Pourquoi me montrez-vous une photo de ma femme ?

— Vous n'avez pas lu ?

Stefano regarda l'écran de plus près. C'était un article en ligne du *New York Post*.

Apparemment, il n'était pas le seul à avoir été débordé pendant ce mois. Depuis son retour à New York, Tess avait ouvert un petit studio de couture. Ce soir, selon l'article, elle présentait sa première collection capsule au Campania lors d'un défilé qui avait lieu dans le cadre d'une vente caritative.

Stefano regarda de nouveau la photo, le cœur serré. Elle était assise dans un bureau avec leur adorable petite fille qui jouait par terre sur un épais tapis blanc. Tess rayonnait, ses cheveux roux cascadaient sur ses épaules, ses yeux verts pétillaient. Elle semblait heureuse et épanouie. Sans lui. Elle avait poursuivi ses rêves, sans qu'il l'aide. Il était fier d'elle.

Dans le fond, elle n'avait jamais eu besoin de lui. Avec l'énergie qui, finalement, la caractérisait, elle avait mené sa barque. Sans l'aide de personne. Pourquoi aurait-elle accepté qu'il lui fixe *ses* conditions ?

Brusquement submergé par une vague de désespoir, il se tourna vers Fenella et lui demanda pourquoi elle lui montrait cet article.

— C'est pour cela que je vous reçois. Pas à cause d'Aiko Sakurai, du moins, pas seulement.

L'air cruel, elle chercha le regard de Stefano.

— Votre femme vous a quitté. Cela vous rend intéressant. Vous êtes vulnérable, et moi en position de force. Je vois là la possibilité d'un partenariat.

À ce mot, Stefano repensa aux moments passés avec sa femme. Leurs rires, leurs bavardages, leurs étreintes. Leur enfant. *Leur* partenariat. Une tristesse immense l'envahit.

— Je ne comprends pas, répondit Stefano.

Se penchant vers lui, elle minauda.

— C'est l'occasion, maintenant.

— Ah ! enfin, vous acceptez de parler de Zacco !

— Maintenant que votre femme, la malheureuse, est partie…

— Ne l'appelez pas comme ça.

— Il ne vous reste qu'à la remplacer par quelqu'un de plus… approprié.

Les yeux bleus et froids de Fenella fouillèrent ceux de Stefano. Soudain, il comprit où elle voulait en venir.

Scandalisé, il se leva et alla à la fenêtre.

— Voulez-vous dire que vous avez… un faible

pour moi ? Parce que, nous le savons tous les deux, c'est un mensonge.

— J'aime le succès. Et vous aussi.

Elle se leva à son tour.

— Nous sommes issus du même monde, Stefano. Des générations de Zacco et de Montfort ont dominé les siècles passés. Nous avons tous les deux des armes pour gagner… À n'importe quel prix.

Un rayon de soleil, pâle, perça les nuages gris.

— Il n'est pas question d'amour, poursuivit-elle. L'amour, c'est bon pour les losers. Vous et moi sommes nés pour régner. Si nous unissons nos entreprises, nous aurons plus de succès que vous ne pouvez l'imaginer. Ce sera sans limites. Nous travaillerons tous les jours, vingt heures par jour s'il le faut, jusqu'à la consécration. Nous serons si puissants que personne ne pourra jamais nous atteindre.

Elle fit un pas vers lui.

— Nous aurons le monde à nos pieds.

Entre fascination et répulsion, Stefano la dévisagea. Fenella Montfort offrait tout ce qu'il avait désiré autrefois. Tout ce qu'il avait cru qu'il désirait. Le pouvoir sur les êtres et les choses, la puissance. Afin de ne plus jamais être vulnérable.

Il soupira. Tess avait raison. Il avait eu peur. De ne pas dominer. D'être de nouveau abandonné. De souffrir. Alors, il l'avait repoussée, elle la pure, la charmante. Il s'était interdit de l'aimer.

Mais dès l'instant où elle était partie, il avait éprouvé un manque atroce, un vide que rien ne pouvait combler. Le vertige devant l'abîme du néant.

— Alors ? relança Fenella, le ramenant à la réalité. Qu'en dites-vous ? Pouvons-nous conclure un accord ?

Stefano leva les yeux vers cette femme froide et calculatrice. S'il n'avait pas connu Tess, peut-être aurait-il accepté au nom de l'ivresse du pouvoir, des privilèges de sa caste et de la fortune.

Mais le pouvoir était une illusion. La fortune, inutile. Il le savait maintenant. Parce que pendant tout ce mois, sans sa femme et son enfant, tout ce à quoi il s'était intéressé ne valait pas un sou. Un cours de Bourse florissant, des avoirs à la pelle. Pour qui, pour quoi ? Pourquoi toujours vouloir plus quand ce plus ne le rendait pas heureux ?

L'amour, seul, était précieux. Avec la santé.

Il ferma les yeux, se souvenant de la voix calme de Tess lui disant de se reconstituer un patrimoine.

Il n'avait rien compris à l'époque. Aujourd'hui, il se rappelait les jours de chaleur et de joie, de vin rouge, de soleil et de ciel bleu. Rien à voir avec l'argent ou le pouvoir.

Il rouvrit les yeux.

L'amour.

Le besoin de la voir le prit brusquement. Ça ne pouvait pas attendre. Il avait besoin d'elle comme de la lumière du soleil. Comme de la pluie. Pas parce qu'elle l'aimait, mais parce *qu'il* l'aimait. Parce qu'elle était son oxygène.

Il l'aimait !

Stefano regarda Fenella.

— Je ne suis pas intéressé.

Elle plissa les yeux.

— Ne faites pas l'enfant, voyons !

Un rayon de soleil effleura sa joue, la réchauffant comme une caresse de la tendre main de Tess.

Il avait mis le temps, mais il comprenait soudain qu'il avait longtemps rejeté tout ce qui en valait la peine pour des choses sans importance. Il faisait tout à l'envers, en somme.

Tess…

Sans réfléchir, il lança :

— Gardez Zacco. Je n'en ai pas besoin. J'ai déjà plus que ce dont un homme peut rêver.

Soudain, il se sentait libre. Heureux, joyeux. Léger comme une chanson d'amour, un tourbillon de couleurs. Roux comme les cheveux de Tess, vert comme ses yeux. Comme le rire de leur bébé qui gazouillait de l'autre côté de l'océan et l'appelait.

— Au revoir, mademoiselle Montfort…

Prenant son manteau et sa serviette, il sortit du bureau, jetant un dernier coup d'œil au siège de Zacco qu'il ne reverrait jamais.

— Je n'aurais jamais dû accepter, soupira Tess en se passant la main dans les cheveux. Pourquoi ai-je cru que je pourrais relever ce défi ?

Ses deux amies se regardèrent.

— Parce que tu es la meilleure ! dit Lola.

— Exactement ! renchérit Hallie.

Le premier défilé de Tess commençait dans cinq minutes. Les trois amies s'affairaient dans les coulisses au milieu des mannequins, des miroirs et des portants pendant que Cristiano et les cousines de Tess surveillaient leurs trois bébés.

— Calme-toi, dit Hallie. Ça va aller.

— J'ai peur.

— Mais non. Je te dis que tu es très talentueuse. Si je n'avais pas confiance en toi, je n'aurais pas investi dans ta marque.

C'était vrai, elle avait *sa* marque.

— Je n'aurais jamais dû te laisser investir dans ma société, Hallie. Je ne suis pas au point.

— Bien sûr que si.

Lola regarda les mannequins qui se préparaient.

— C'est très beau, ce que tu fais, tu sais, la félicita-t-elle.

— On va tout casser ! plaisanta Hallie en se frottant les mains.

La nervosité était palpable dans les coulisses. Prenant une épingle de sa ceinture, Tess resserra l'encolure d'une chemise que portait un mannequin.

— Et si ma collection fait un flop ?

— Impossible ! Pas au Campania. Rappelle-toi que nous collectons des fonds pour une œuvre caritative. Serena va marcher, c'est obligatoire.

Serena… Tess frissonna. Elle avait baptisé sa société du nom de sa mère, et les fonds collectés seraient reversés à une ligue contre la maladie qui l'avait emportée.

Depuis son retour à New York, le mois dernier, elle avait vécu dans la stratosphère, entre le bébé, sa collection, ses amies qui la rejoignaient souvent le soir. Vin rouge, rires, séries télévisées, elle en profitait pour se défouler.

— Ton soi-disant prince est un imbécile ! disait régulièrement Hallie.

— Ce n'est pas le seul, ajoutait Lola.

Un verre de bordeaux à la main, Lola soupirait beaucoup. Elle refusait toujours de révéler l'identité du père de son bébé, ce qui forçait ses deux amies à s'interroger. Hallie pensait que c'était un homme en vue. Pour Tess, ça ne pouvait être qu'un homme marié, comme son père qui ne l'avait jamais élevée. Mais Lola refusait d'en dire plus. Si bien que Tess se demandait si ce mystérieux personnage n'était pas encore pire qu'elles ne l'imaginaient… Mais comment le savoir ? Elle s'était trompée sur tant de sujets, en premier lieu sur le Prince Stefano Zacco di Gioreale, qu'elle préférait garder son idée pour elle.

N'empêche qu'elle pleurait toujours Stefano. Comment faire face à tout, sans lui ?

— J'ai peur, dit-elle à ses amies, tout bas pour que les mannequins, les coiffeurs, les maquilleurs ne l'entendent pas.

Hallie lui pinça l'épaule.

— Arrête de gémir, dit Lola. Tout est beau, et tu le sais. Alors, fonce !

Pour son défilé, Tess présentait douze tenues, chaudes, colorées et confortables, conçues pour que les femmes se sentent bien dans leur corps et belles dans leur tête. Le dernier modèle était une robe de mariée ivoire, rebrodée d'un petit oiseau bleu au bas de la jupe. La mariée tenait un bouquet de tulipes d'un bleu vif.

Voyant le bouquet, Tess se figea. Le jour de son mariage, elle tenait un bouquet de roses roses. Elle était follement amoureuse et persuadée qu'ils allaient vivre un conte de fées.

Quelle désillusion ! C'était sa naïveté qui l'avait perdue. Elle aurait dû savoir qu'un mariage qui commence par un chantage ne peut que mal finir.

Une boule de chagrin dans la gorge, elle cligna des yeux pour ravaler ses larmes.

— Ne vous inquiétez pas, Votre Altesse, dit le mannequin en robe de mariée. Vous ne serez pas déçue.

C'était Kebe. Quand elle avait appris que Tess allait dévoiler sa première collection à New York, elle s'était proposée pour défiler gratuitement. Elle avait également fait la promotion de l'événement auprès de son demi-million de *followers* sur les réseaux sociaux.

Tess avait apprécié sa reconnaissance. Elle l'avait arrachée des griffes de von Schreck, et la jeune femme ne l'avait pas oublié.

— Tess…

Elle se retourna. Son oncle était là, Esme dans les bras.

— Oncle Ray, quelle surprise !

— Ton amie, Mme Moretti, a pensé que tu voudrais voir Esme avant le début du défilé.

Il hocha la tête.

— Je te félicite, Tessie. Tu es designer. Comme tu l'avais juré. J'ai eu tort de douter de toi. J'aurais dû t'encourager.

Elle lui sourit.

— Tu m'as accueillie, oncle Ray. C'était déjà beaucoup.

— Ta maman serait fière de toi.

Sur ces mots, il repartit avec l'enfant, laissant Tess bouleversée. Mais ce n'était pas le moment de s'apitoyer sur sa vie. Se ressaisissant, elle chassa la tristesse et la peur qui l'étouffaient.

Elle aimait toujours Stefano, quoi qu'elle se raconte pour noircir son image. C'était un lâche, un homme sans cœur, froid comme un serpent et seulement intéressé par son compte en banque. En vérité, elle avait été — et était toujours — amoureuse d'une illusion.

— C'est bon, dit-elle aux mannequins. Allons-y !

Le premier mannequin défila devant les palmiers en pot et les miroirs dorés apportés là pour la circonstance. Les autres suivirent, chacune à son tour, certaines en dansant, toutes en souriant. Un DJ s'occupait de diffuser une musique enjouée mais discrète. Le défilé était amusant, ludique, décontracté.

Tendue, Tess ne perdait pas une miette du spectacle qui semblait plaire puisque le public applaudissait à tout rompre à chaque nouveau passage.

Kebe fit enfin son apparition. Très professionnelle, elle glissait sur le podium telle une patineuse sur la glace, légère, éthérée. La musique enfla. Kebe se retourna.

— Allez, Votre Altesse ! Venez…

Tess hésita puis se décida. Un tonnerre d'applaudissements l'accueillit.

Elle n'avait pas ce qu'elle désirait le plus, mais l'accueil qu'on faisait à sa collection était réconfortant.

Venu la féliciter, quelqu'un tendit une énorme gerbe de roses rouges devant son visage. Aveuglée, elle tourna la tête pour respirer — et remercier — quand, là, stupeur, elle le vit, derrière le bouquet.

Stefano !

Tout, autour d'elle, s'évanouit. Les applaudissements, les lumières, la musique, le public. Il n'y avait plus que lui. Seulement lui. Rien que lui. Le reste n'existait plus.

— Stefano ? murmura-t-elle au bord de l'évanouissement.

Elle repoussa les fleurs pour le regarder, pour s'assurer qu'elle ne rêvait pas, qu'il était bien là, devant elle, en chair et en os.

— Stefano…, répéta-t-elle, n'en croyant pas ses yeux.

Il la sondait de son regard noir, intense, brillant comme si, lui aussi, était au bord des larmes.

— Tu es une star. Tu le mérites… depuis toujours.

— Que fais-tu là ?

Lâchant les roses, il prit ses mains, les serra.

— Je suis là pour toi. Tu avais raison, Tess. J'avais peur. Je ne voulais pas que tu m'aimes parce que je savais que je ne supporterais pas de te perdre. Et c'est justement ce qu'il s'est produit !

Il l'attira dans ses bras et lui chuchota à l'oreille :

— J'ai pris conscience qu'il n'y a qu'une chose importante dans la vie.

Après les applaudissements qui avaient salué l'irruption incongrue de Stefano sur le podium, le public, sidéré, s'était tu.

— Je suis amoureux de toi, Tess, chuchota-t-il.

Ce n'était pas possible. Elle rêvait !

— Toi ! dit-elle. Toi, tu m'aimes ?

— Je n'avais jamais ressenti ce que j'éprouve pour toi, ma chérie. Je ne connaissais pas cette émotion, ce sentiment-là. Je t'aime, Tess. Je sais que je n'aimerai jamais que toi.

Il battit des paupières.

— Tu es tout ce qui compte pour moi.

Elle plaqua la main sur son cœur qui s'était emballé.

— Et Zacco ?

— Fini. Je n'en veux plus. J'ai juste besoin de toi. Tu avais raison, dit-il d'une voix rauque. Tout ce passé, cet héritage auquel j'étais si attaché ne doit pas primer. La vraie richesse ce n'est pas le pouvoir, mais le cœur.

Il jeta un coup d'œil à leur bébé, assis avec sa tante et son oncle au premier rang. Et se tourna de nouveau vers Tess.

— Ma richesse, c'est toi. Toi et Esme. Et je suis à vous.

— Mais Stefano…

— Redonne-moi ma chance, murmura-t-il.

Oubliant le public qui les observait, il baissa la tête et prit ses lèvres. Elles étaient toujours aussi tendres, et douces comme de la soie. Il l'embrassa tendrement et releva la tête.

— Pourras-tu encore m'aimer ? dit-il, penaud, en lui caressant la joue.

— Je n'ai jamais cessé de t'aimer, Stefano.

Transporté de bonheur, il la prit sous les bras et la fit tournoyer sur le podium. Sa jupe colorée volait, découvrant ses cuisses superbes pour la plus grande joie du public qui, rompant le silence qui régnait, tapait maintenant du pied pour manifester son plaisir d'assister à cette scène digne d'une pièce de Broadway.

Quand Stefano la reposa, son visage rayonnait. Il

l'embrassa de nouveau puis, Kebe et les autres mannequins approchant pour les féliciter, ainsi que Hallie, il s'écarta un peu. La musique explosa, joyeuse ; des confettis tombaient des cintres, et le public applaudissait toujours.

— Tu vois ? dit Hallie à l'oreille de Tess. Je t'avais dit que tu ferais un malheur.

Tess fit signe à sa famille de les rejoindre, puis elle chercha Lola des yeux. Elle la vit s'éclipser avec Jett. Que pouvait-elle avoir de si important à faire pour se sauver ainsi ?

Quand Stefano la reprit dans ses bras, elle oublia Lola.

— Je vis un rêve, lui dit-elle. De quoi vais-je pouvoir rêver maintenant que tous mes rêves sont devenus réalité ?

Stefano prit Esme à son grand-oncle et les enferma toutes les deux dans le cercle de ses bras. Son regard brillait d'amour et d'espoir.

— Nous formulerons de nouveaux rêves ensemble.

Avec un rire saccadé, Tess caressa sa joue râpeuse.

— Je t'aime, ma femme, reprit Stefano d'une voix rauque.

Il l'embrassa alors avec toute la douceur et la force d'un rêve dont il ne voulait pas se réveiller un jour.

— Regarde, Esme !

Debout à la fenêtre, Tess rayonnait en montrant à sa fille la parade de Noël qui avait lieu dans Central Park.

— Elle n'a que sept mois. Elle est peut-être un peu jeune pour se soucier de Noël, dit Stefano en souriant.

— Il n'est jamais trop tôt pour sacrifier aux traditions familiales.

Ils avaient acheté un nouvel appartement, et tous les meubles n'avaient pas encore été livrés mais Tess avait souhaité emménager avant Thanksgiving, fin novembre.

Pressé de commencer son album de souvenirs avec Tess, Stefano avait accepté avec plaisir.

Il s'approcha et les entoura de son bras, profitant de ce geste pour embrasser sa femme dans le cou. Ses lèvres étaient chaudes sur sa nuque, et il savait qu'elle adorait ça.

Plus tard dans la journée, les amis et la famille étaient arrivés pour la traditionnelle dinde servie avec de la purée de patates douces et une tarte au potiron parfumée à la cannelle. Les desserts et les petits pains avaient été fournis par la famille de Tess. Ce n'était plus la boulangerie Foster Bros, mais la boulangerie Foster Sisters, car ses deux jeunes cousines avaient pris la relève. Leurs parents étaient en mer. Confiné des années entières dans sa boulangerie, le couple avait rêvé toute sa vie d'aventure au long cours. Il n'était jamais trop tard pour changer de vie. Stefano était bien placé pour en parler.

Après avoir été obsédé pendant des mois par son entreprise, Stefano était tout à fait calmé et rassuré. Gioreale ne s'était jamais aussi bien portée. Mercurio multipliait les articles de presse élogieux depuis qu'Aiko Sakurai en avait pris les rênes. Le cours de l'action Mercurio avait triplé tandis que celui de Zacco avait dévissé.

Mais rien de tout cela ne le touchait vraiment aujourd'hui.

Quand il se rappelait ses années de solitude, de richesses creuses et de plaisirs vains, il remerciait le destin qui avait mis Tess sur sa route. Elle l'avait sauvé.

Sinon, peut-être serait-il aujourd'hui marié avec Fenella Montfort. Cette pensée le glaça. Fenella s'était vite remise de son refus et empressée de sortir avec son nouveau designer, Caspar von Schreck. Cela ne faisait que quelques semaines, mais on ne comptait plus leurs affrontements en public, leurs bagarres et les rumeurs d'infidélité de l'un ou de l'autre.

Stefano frissonna. Comme il était heureux d'être loin de ce monde !

Il baissa les yeux vers sa femme, si douce et aimante et la câlina.

— Ma-ma, balbutia Esme. Ma-ma, ma-ma.

Ravie, Tess regarda sa fille qui ne prononçait ce mot que depuis quelques jours.

Jaloux, Stefano essaya,

— Pa-pa.

Perplexe, Esme le fixa, les doigts dans la bouche. Puis elle ôta sa main.

— Ma-ma, répéta-t-elle fièrement.

— Très bien, la félicita Tess, couvrant son mari de baisers. Quant à toi, mon ange, je vois que tu as retrouvé ton esprit de compétition !

— Je ne l'ai jamais perdu. Et je ne le perdrai jamais. Et puisque tu ne veux pas que j'investisse dans ta société…

— Hallie et moi, ça marche très bien, merci.

— Alors, il me faut un autre objectif. Quelque chose de spectaculaire, qui t'impressionne.

— Qui m'impressionne ? Diriger un empire de plusieurs milliards de dollars, c'est assez pour impressionner, non ?

— Heureusement, cela me permet de passer du temps avec Esme et toi. Mais l'argent ne suffit pas. J'aime me lancer des défis.

Tess fit mine de réfléchir.

— Décore l'appartement, le taquina-t-elle. Engage du personnel de maison puisque tu dis que nous en avons besoin. Lance ce fonds de capital risque dont tu n'arrêtes pas de parler…

À son tour, Stefano fit semblant de réfléchir. Puis il sourit d'un air énigmatique.

— Peut-être plus tard. Pour ce soir, j'ai autre chose en tête.

Il se pencha et lui murmura quelques mots à l'oreille.

— Oh ! Votre Altesse ! Vous me choquez ! Vous êtes sérieux, Votre Altesse ?

— Peut-être trois fois, même. Toute la nuit.

Tout excité à cette perspective, il lui mordilla l'oreille. La sonnette retentissant à ce moment-là, il la laissa partir à contrecœur. Ils avaient invité des amis à dîner. Même Cristiano Moretti, devenu maintenant un proche.

— Après tout, lui avait-il dit, la semaine dernière, avec des femmes comme les nôtres, nous, les hommes, nous devons nous serrer les coudes !

Stefano avait acquiescé d'un solennel signe de tête.

Pour la première fois de sa vie, Stefano savait où il se situait. Tess avait raison. La valeur d'un homme ne se mesurait pas à sa richesse, à son pouvoir, ni à la qualité de ses ennemis, mais à son amour pour sa famille et ses amis. À ses qualités de cœur.

Tess avait raison sur beaucoup de sujets, pensa Stefano en souriant.

Alors que leurs amis entraient, il la regarda tendrement. Son défi, il le connaissait, maintenant. Ce serait d'aimer sa famille, toute sa vie, comme au premier jour et mieux qu'aucune famille n'avait jamais été aimée. C'était spectaculaire, non ?

Vous avez aimé ce roman ?
Retrouvez vite en numérique le premier titre
déjà paru de la série
« Héritiers secrets & scandaleuses mariées » :
Le bébé de Cristiano Moretti.

Et rendez-vous le mois prochain pour la suite
de votre série, signée Jennie Lucas.

Retrouvez en août 2019,
dans votre collection

Azur

Le secret de Manhattan, de Kate Hewitt - N°4114

ENFANT SECRET

Un gratte-ciel de Manhattan, des lumières qui scintillent derrière de vastes baies vitrées. Voilà le décor dans lequel Maisie fait le ménage, la nuit, pour un jour atteindre ses rêves. Habituée à arpenter les couloirs dans la solitude, quelle n'est pas sa surprise de découvrir, un soir, un homme attardé au bureau. Un homme splendide nommé Antonio Rossi, et dont la tristesse lui étreint le cœur. Bientôt, tous deux se laissent aller à quelques confidences, puis à une étreinte passionnée. Une folie qui n'est pas sans conséquences…

Cet insupportable patron, de Cathy Williams - N°4115

COUP DE FOUDRE AU BUREAU

Face à Matt Strickland, Tess sent la colère l'envahir. Cet homme d'affaires brillant qui vient de l'embaucher pour s'occuper de sa fille, la considère avec une insupportable condescendance. Elle aimerait lui dire le fond de sa pensée, mais elle se doit pourtant de rester calme et professionnelle. Non seulement Tess a cruellement besoin de cet emploi, mais surtout, il n'est pas question qu'elle abandonne la petite Samantha aux seuls soins de ce père autoritaire et débordé…

Irrésistible Jafar, de Rachael Thomas - N°4116

LES PRINCES DU DÉSERT

« Je veux vous engager… pour être ma femme. » La proposition de Jafar al-Shehri laisse Tiffany sans voix. Certes, elle est réputée pour organiser de somptueux mariages, mais de là à endosser le rôle d'épouse, il y a un pas ! Pourtant, Jafar sait se montrer persuasif : il s'agirait d'une union platonique de trois mois seulement. Si bien que Tiffany accepte de suivre le cheikh au Shamsumara… au risque de bientôt le regretter !

Une vengeance grecque, de Trish Morey - N°4117

Athéna n'en revient pas. Son père, si peu présent dans sa vie, vient de tout lui léguer : sa fortune, une villa grecque, un immense yacht, un hélicoptère… Et surtout, l'île d'Argos ! Alors qu'elle prend timidement les rênes de sa nouvelle vie, elle tombe sous le charme d'Alexios Kyriakos. Parce qu'il est lui-même milliardaire, elle est sûre que c'est à elle seule qu'il s'intéresse, et non à son héritage. Hélas, elle découvre bientôt que son amant ne l'a séduite que pour se venger de sa famille…

Les vœux d'une héritière, de Louise Fuller - N°4118

« Je le veux. » Rien ne pouvait davantage réjouir Max Montigny que d'entendre Margot Duvernay lui promettre amour et fidélité. Autrefois rejeté par la famille de la belle héritière, il a connu le pire. Jusqu'à ce que, à force de volonté et de travail, il revienne sur le devant de la scène. Aujourd'hui, afin de préserver son domaine et les vignobles de champagne dont elle est la PD-G, Margot n'a eu d'autre choix que de l'épouser. Et cette union sous contrainte est pour lui la plus délicieuse des vengeances…

Mariée à Dante Vittori, de Tara Pammi - N°4119

Épouser Dante Vittori ? À cette seule pensée, Alisha frémit tout entière. Bien qu'il soit l'objet de tous ses fantasmes, le bel Italien est son ennemi juré. Certes, il ne s'agirait que d'une union de convenance entre eux, et qui lui garantirait des fonds inépuisables pour la fondation qu'elle dirige. Mais à côtoyer Dante, ne risque-t-elle pas de perdre tout contrôle ? Les risques sont bien réels, en effet : chaque regard échangé pourrait éroder sa résistance, et la frontière entre haine et amour se troubler dangereusement…

L'honneur d'une Sicilienne, de Jennifer Hayward - N°4120

Née dans une famille de mafieux siciliens, Gia Castiglione s'est toujours pliée aux ordres de son clan. Jusqu'à cette nuit-là où, grisée par le désir, elle s'est abandonnée dans les bras de Santo Di Fiore, oubliant alors qu'elle était promise à un autre. Si cet instant d'égarement a bouleversé sa vie jusqu'à la contraindre à fuir aux Bahamas, Gia ne l'a pas regretté. Car un enfant est né de cette union interdite. Un enfant qu'elle a protégé durant trois ans, mais dont Santo est aujourd'hui venu réclamer la paternité…

L'héritier de Rodrigo Cabrera, de Jennie Lucas - N°4121

SÉRIE : *HÉRITIERS SECRETS & SCANDALEUSES MARIÉES* - 3/3

Rejetée avec mépris par Rodrigo Cabrera, Lola lui a caché être enceinte de lui. Hélas, maintenant que le milliardaire a découvert son secret, il exige que son héritier porte son nom ! Bientôt mariée sous la contrainte, Lola tente de résister à Rodrigo, si arrogant et distant avec elle. Mais emportée par la passion, elle comprend que, face au désir, il ne peut y avoir qu'une seule issue : la reddition…

Les roses de la passion, de Melanie Milburne - N°4122

SÉRIE : *D'AMOUR ET DE HAINE* - 1/2

Fleuriste, elle sublime les mariages. Avocat, il plaide en faveur du divorce. Autant dire que tout sépare Holly de Zack. Du moins, jusqu'à ce qu'ils soient déclarés fiancés, bien malgré eux. Dès lors, et pour tirer profit de cette situation scandaleuse, Holly décide de se prêter au jeu. Mais elle a beau lutter contre le désir qui la rapproche de Zack, elle sent peu à peu ses résolutions vaciller. Au point qu'elle oublie soudain qu'il ne s'agit entre eux que d'une comédie…

Au service d'un cheikh, de Sharon Kendrick - N°4123

Hannah peut être fière de son parcours. L'orpheline sans racines travaille aujourd'hui dans un hôtel qui symbolise le luxe absolu, sur une île méditerranéenne de toute beauté. Dans ce palace défilent princes et hommes d'affaires, héritières et stars hollywoodiennes. Habituée à côtoyer les puissants en toute discrétion, elle n'en est pas moins impressionnée d'être un jour mise au service exclusif du cheikh Kulal al-Diya. Face au roi du désert, dont l'aura virile la captive, la femme de chambre réservée n'est soudain plus que désir…

Une tentation interdite, de Dani Collins - N°4124

Depuis toujours, Rowan O'Brien représente le fruit défendu pour Nico. Rowan, la femme dont les traits délicats et les courbes voluptueuses hantent ses longues nuits d'insomnie, mais aussi la seule femme qui lui soit interdite. Non seulement parce que son propre père considérait Rowan comme la fille qu'il n'avait jamais eue, mais aussi parce qu'il déteste l'homme brûlant de désir et impulsif qu'il devient en sa présence. Pourtant, lorsque la mort de leurs parents les oblige à cohabiter, le temps de régler la succession, Nico sent ses résolutions vaciller. Pourquoi ne pas céder à la tentation, juste une fois ?

Composé et édité par HarperCollins France.

Achevé d'imprimer en juin 2019.

CPi
BLACK PRINT

Barcelone

Dépôt légal : juillet 2019.

FSC
www.fsc.org
MIXTE
Papier issu de sources responsables
FSC® C108412

Pour limiter l'empreinte environnementale de ses livres, HarperCollins France s'engage à n'utiliser que du papier fabriqué à partir de bois provenant de forêts gérées durablement et de manière responsable.

Imprimé en Espagne.